그게 사실은

그게 사실은

발행일   2016년 11월 15일 1쇄

지은이   김후곤
발행인   이선우
펴낸곳   도서출판 선우미디어

  등록 | 1997. 8. 7 제305-2014-000020
  02643 서울시 동대문구 장한로12길 40, 101동 203호
  ☎ 2272-3351, 3352 팩스: 2272-5540
  sunwoome@hanmail.net
  Printed in Korea ⓒ 2016. 김후곤

값 12,000원

※ 이 책의 제작비 일부는 〈2016년 성남시문화예술발전기금〉으로 제작하였습니다.
※ 잘못된 책은 바꿔 드립니다.
※ 저자와 협의하여 인지 생략합니다.
※ 이 도서의 국립중앙도서관 출판시도서목록(CIP)은 서지정보유통지원시스템
   홈페이지(http://seoji.nl.go.kr)와 국가자료공동목록시스템(http://www.nl.go.kr/kolisnet)에서
   이용하실 수 있습니다. (CIP제어번호:201602728)

ISBN 978- 89-5658-476-8 03810
ISBN 978- 89-5658-477-5 05810(PDF)
ISBN 978- 89-5658-478-2 05810(EPUB)

그게
사실은

김후곤 수필집

선우미디어

머리말

우리, 기가 막힌 하루를 위해 인생을 사는 것은 아니다.

글을 쓰는 사람들은 자신의 삶을 사랑한다. 이들은 평범한 일상에서 자신에게 맞는 최선의 방식으로 글을 쓰고 있다는 생각이다.

주변에서 벌어지는 상황들은 존재하는 방식이 다르다.

존재하는 것들의 표면이 아니라 내재하고 있는 영혼의 떨림을 보고 싶다.

자기 자신과 합일을 이루는 모습을 보여주는 내밀한 그 무엇을 포착하여, 오직 그 상황에 딱 맞는 유일한 표현을 찾는 길이 글쓰기란 믿음이다.

사실은 진실을 담고 있다. 진실 속에는 숨겨야 할 것과 반드시 드러내야 할 것이 있다. 이런 것들을 들여다보고 싶다.

남의 작품을 많이 읽는 경험으로, 내 방식을 찾아 글을 쓴다. 발끝을 세우고 턱까지 차오르는 물의 심정으로 쓰고자 했던 글들은 생각만이 앞서 나간다.

이 책으로 내 인생의 새 지평이 열린다. 여기에 실린 글들이 읽는 이들에게 즐거움을 주었으면 좋겠다.

2016년 11월

김후곤

둘 허벅지에 이름을 쓰다

셋 두려움이라니

인내하는 수수한 삶,

자신이 하고 싶은 일을 하며,

그 일에 애정을 쏟는 삶!

　　—존 윌리엄스 《스토너》에서

내 마음을 따뜻하게 하는 것들

새벽 3시 45분. 토막잠 사이 읽던 책을 덮고 밖으로 나간다. 요즈음의 습관이다. 아파트 입구에 작은 상가가 있다. '성지분식' 불이 밝다.

'벌써 문 열었어?'

이 집에서 김밥을 사먹기도 하고 눈이 마주치면 인사를 하는 사이다. 20대 중반의 주인과 같은 또래의 남자가 김밥을 말고 있다. 매장과 식탁 위에는 이미 말아둔 김밥이 수북하다. 난 슬며시

다가간다. 간단한 인사말을 주고받는다.

"육백 개를 말아야 돼요. 좀 일찍 나왔어요."

당근, 우엉과 노란무, 소시지가 담겨 있다. 스테인레스 통이 나란하다. 커다란 쟁반 위에는 계란말이가 가지런히 줄지어 쌓여있다. 밥 한 주먹 덜어내 김 한 장을 쿡 찍어 발 위에 놓는다. 밥을 고루 펴고 다섯 가지의 속을 그 위에 얹는다. 속을 넣을 때의 순서가 한결같다. 김과 김이 서로 맞닿는 부분에서는 조심스럽다. 힘주어 탄력 있게 둥글린다. 일련의 동작에서는 멈춤이 없다. 재빠르다. 두 남자의 얼굴에는 열정이 배어 나온다.

생계를 위해서 일찍 나와야지 하는 윽박지르는 마음은 들지 않는다. 주어진 일에 열심인 사람을 보는 것은 신선하다. 게을러지려는 것들을 바투 잡아보는 마음도 일순 신선해진다.

마음이 밝아진다.

삽시도는 모래로 이루어진 섬이다. 좁은 모래톱 끝으로 갯벌이 멀리 드러나 있다. 그 갯벌은 햇빛을 받아 번들거린다. 좁은 모래톱을 걷는다. 완만한 곡선을 이루는 모래톱 왼쪽에는 암석층을 이룬 절벽이 바투 붙어 바닷바람을 의연히 맞받고 있다. 끼룩대는 갈매기 소리가 가끔 들린다. 발아래 모래는 사각거린다. 사람 소리 들리지 않고, 흔적 멀리까지 보이지 않는다. 둘러보아도 움직임이 없다. 절벽의 켜켜이 얽혀 있는 암석층은 태고의 속내를 보여준다. 휘어진 암석층은 세월의 더께로 보인다.

드러난 갯벌 끝에는 더 이상 밀려나가지 못한 바닷물이 사막의 신기루처럼 떠 있다. 바위틈에서 간간이 흔들리는 소나무는 의연하다. 조바심이 없다. 모래톱에서 벗어나 소나무, 참나무가 크게 자란 곳으로 올라간다. 그 밑에 고사리가 모래를 헤치고 삐죽이 솟아있다. 먹고사리다. 아기의 모아진 주먹을 흉내 낸다. 홀로 우뚝하기도 하고 바투 붙어 서로 키 재기를 한다. 주욱 깔려 있다. 모래 속에서는 힘 모으는 소리로 수런거린다. 귀 기울이면 위로 밀어내는 싹의 소리가 들린다. 밟지 않으려 하나 밟지 않을 수 없다.

맥주 캔을 딴다. 주인은 가마솥에 먹고사리를 삶는다. 그 곁에 조용히 앉는다. 어디서 뜯었는가, 얼마큼 삶아야 하나 궁금하지만 묻지 않는다. 고사리 삶는 남자는 섬 생활의 고적함을 혼잣말로 웅얼거린다. 난 듣기만 하고. 조용하고 햇볕은 점점 따스해진다.

배를 타고 육지에 닿고, 서울까지 갈 먼 길에 대해 앞당겨 생각하지 않는다. 삽시도에서 6시간을 머물렀다. 배를 타며 난 흠칫한다. 이 날 말 한마디 제대로 하지 않았다는 것을.

따뜻한 바람이 분다.

"남들처럼 술 마시고 놀러 다니면 언제 돈 버냐?"

'도로점거허가증'을 갖고 있는 구두 수선공의 말이다. 자식에게 한 말이란다. 겨울용 구두를 닦다 이 남자에게 옳게 걸렸다 싶었다. 이 말 저 말 말이 많아서다. 월 3만 원의 회비를 낸다, 연 100만 원 정도의 세금을 낸다, 동네 노인들이 막걸리를 사오고 자기가 싸온 김치를 마구 먹어버린다 등이다. 협회장이란 놈이 우리 회비를 모아 활동비로 써버린다도 있다. 그렇다. 이 남자 장애우다. 한 다리를 전다.

"커피 한 잔 타 드시죠?"

내게 한 말이다. 말을 잇는다. 협회장은 우리 장애자들을 위해 봉사하는 사람이니 고맙다. 우리 장애자들이 절룩거리며 어디를 다니겠는가. 세금 내는 것은 당연하다. 난 이미 자식들이 제 밥벌이를 하고 있다. 한 달에 믹스커피 200개를 갖다놓으면 동네 노인들이 거의 다 마신다. 전기료는 다 내가 낸다. 다리 절룩거리는 사람이 술 마시면 더 꼴불견이다. 그래서 막걸리도 잘 마시지 않는다. 심심해서 오는 노인들이다. 이 노인들 갈 곳이 없단다. 불우이웃돕기 행사에서 찍은 자신의 사진을 선반 위에서 꺼내 보여준다. 환하게 웃고 있다.

나도 한마디 끼어든다.

"컵라면 끓여달라고는 안 해요?"

내 마음에 군불이 지펴진다.

국수집을 찾아서

하는 일마다 넘어지고 자빠져 결국은 노숙자가 된 남자, 이 집
국수를 먹고 돈이 없어 허겁지겁 도망간다. 집 주인 할머니가 급
하게 뒤따라 나가 소리친다.

"그냥 가! 뛰지 말고. 넘어지면 다쳐!"

이 외침은 그 남자의 마음에 서릿발이 되어 남겨진다. 불에 데
인 듯 화인처럼 새겨진 이 말을 가슴에 안고 세월의 이랑을 갈던
남자는 파라과이에 가서 크게 성공한다. 국내방송에 성공담이 소

개되고 할머니의 외침도 덧붙인다. '옛집국수'는 방송을 타 널리 알려지게 된다. 이 남자가 먹고 도망친 국수, 잔치국수였다.

이 집에 대한 사연을 내가 접한 것은 세 번이다. 처음 글을 읽었을 때는 '있을 수 있어. 그럴 수도 있지.'하는 심드렁이었다. 두 번째 기사를 보고 '국수를 팔면서도 아름다운 사연을 주고받을 수 있네.' 하며 믿어버린다. 금년 봄, 세 번째로 이 집의 잔치국수와 노숙자의 사연을 읽으면서

"좋아. 꼭 한 번 가 봐야겠어!"

잔치국수, 흥겨운 분위기에서 무언가를 축하해주는 음식이다.

밀은 귀한 작물이었다. 밀을 갈아 만든 밀가루는 더더욱 그랬다. 밀을 재배하고 익기를 기다려 수확했다. 방앗간에서 가루를 만들었다. 삼분의 이 정도는 국수를 뽑았다. 농사철의 새참으로, 장마철의 점심끼니로, 가을 동네 잔칫집에 '품앗이'용으로 내놓을 국수뭉치였다. 나머지 밀가루는 수제비로 밀국으로 만들어 먹었다.

풍성한 느낌이 드는, 흥겹고 함께 먹는다는 잔치국수는 그 이름

에 걸맞지 않게 값이 싸고 내는 돈에 비해 양이 푸짐하다.

삼각지역에 내려 2번 출구로 나간다.

출구에서 한 발짝 내딛어 보도로 내려서는 순간 왼쪽으로 튼다. 보도와 바로 이어지는 곳에 골목의 입구가 있고, 그 너머에 삼각 맨션이 오른쪽으로 보인다. 원래의 입구는 2차선 정도의 너비였으나, 그곳에 살아가는 사람들의 필요에 의해 만들어진, 양쪽의 건물에 잇대어 지은 작은 건물로 절반이 줄어있다. 두 간이건물은 시멘트 덮개로 이어져 있어 맨션으로 들어가는 입구는 터널처럼 보인다. 오른쪽 간이건물의 열쇠상점은 각종 스티커로 요란하고 왼쪽 건물은 회색의 먼지를 잔뜩 품고 있어 유리창으로는 그 안이 들여다보이지 않는다.

통로를 엉거주춤하니 통과한다. 검은 비닐 천으로 덮인 회색담이 왼쪽으로 시야를 방해하고, 그 벽을 휘우듬하게 나가는 곳에 좁장한 공터가 있다. 국수집에 온 손님을 위한 주차장이다. 주차장에서 올려다 보이는 곳에 삼각맨션이 퉁명스러운 모습으로 누렇게 서 있다. 그 맨션을 따라 바투 붙은 상점들이 오종종하다.

만두집, 카페, 화랑, 오뚜기식당을 지난다. 간판들의 글씨는 빛이 바랬고, 삼각맨션은 세월의 균열을 보수한 흔적으로 전체적인 분위기가 어둡고 칙칙하다. 맨션으로 올라가는 철제계단은 가파르며 넓다. 철제계단 옆에, 거기에 신호등처럼, 궁서체로 쓰여진 '옛집국수' 간판이 높다랗게 세워져있다. 국수집은 시멘트 블록으로 지어진 건물로 컨테이너 형태이다. 지붕 위에는 회색 비닐 커버가 덮여있고, 건물 앞쪽 끝에서 길 쪽으로 비스듬히 경사지게 주황색 천막으로 덧대어 가게를 넓혔다.

'한참 전에 삶아놓은 면은 입에 넣자마자 툭 끊어지지. 멸치냄새가 코끝을 희미하게 스치는 맹탕인 국물은 흔하지. 내장을 제거하지 않고 삶아낸 멸치 국물 맛은 생각만 해도 쓰다. 멸치와 다시마를 은근히 끓여서 만든 맑은 국물을 마신다. 마시는 사람이 수줍어지는 순한 맛이다. 국수만을 삶아온 사람이 삶은 국수는 물렁하지 않으면서 탱탱하다. 촉감은 부드럽고 매끄럽다. 고향 밀밭의 푸르름이 일렁인다.'

나는 침을 꿀떡 삼킨다.

가게 앞에서 심호흡을 하고 다가간다. 유리창 안이 컴컴하다. 촉수 낮은 형광등이면 대낮에도 어둑신할 거라는 짐작으로 출입문 밀창에 가까이 간다.

어라? 뭐야!

> 토요일은
> 가게가
> 쉬는 날입니다.
>
> ※ 일요일
> 정상 영업

개미와 경비원

주전자 속에서 싸라기눈 내리는 소리가 들린다.

제복 입은 사람의 오른손에 그 주전자가 들려 있다. 두 발은 서로 밖으로 벌려 엉거주춤, 한 발자국씩이다. 어깨 등 쪽으로 살져있어 더 구부정하다. 물결무늬 보도블록에 떨어진 바늘을 찾는 모습이다. 블록 사이사이를 탐색하듯 훑는 안경이 번쩍인다. 보도블록 사이에 작은 구멍이 있고 그 주위로는 모래 알갱이가 소복하다. 몇 마리의 불개미가 우왕좌왕하며 움직임이 분주하다.

'요놈들, 뜨거운 물 맛 보아라.'

제복은 모래 알갱이로 둘러싸인 작은 개미구멍에 천천히 조심스럽게 뜨거운 주전자의 물을 붓는다.

흰구름 몇 조각을 머금은 하늘은 더 파랗다.

물이 들어온다. 빗물과는 다른 물이다. 개미 한 마리가 더듬이로 알아낸 정보로는 물의 종류를 알아채지 못한다. 뒤 따르는 개미와 더듬이로 궁금증을 더듬는다. 서로의 더듬이 깊숙이 축적된 정보 중 하나가 반짝인다. 아주 작은 정보를 주고받을 뿐이다. 그 정도의 주고받음으로는 물의 정체를 알아내는 데 거의 무의미하다.

기어 다니며 여기저기서 친구 개미를 만난다. 만나자 마자 정보를 주고받는다. 정보가 점차 쌓인다. 처음 겪는 물의 정체를 알아낸다. '뜨겁다!'

몇 마리가 뜨거운 물에 쓸려나가 꾸불거리는 동굴 끝에 가서 처박힌다. 더듬이가 부러지고 함께 밀려온 모래에 묻힌다. 기능이 망가진 더듬이로는 나아갈 길을 찾지 못한다. 허우적거리다 천천히 목을 꺾는다. 몇 마리가 더 죽는다. 뜨거움보다 망가진 더듬이가 개미의 생명에 치명적이다.

　가뭄을 이어가는 뜨거운 날씨의 조짐이다.
　'또 쌓였네. 뜨거운 물로는 안 된다 이거지!'
　제복이 하루 쉬고 출근한 날, 아파트 앞에 주욱 이어진 보도블록을 눈여겨 훑어보고 모래 개미탑을 보고 중얼거린다. 분리수거장 옆에 모아둔 폐식용유를 간장을 담았을 듯한 페트병에 붓는다. 사막이나 밀림의 시작점에서 사람들이 각오를 하듯 가슴을 크게 부풀려 깊은 숨을 들이쉰다.
　'기름 맛 한 번 보지. 견딜 수 있나.'
　제복은 쪼그려 앉아 개미탑 가운데에 있는 구멍에 폐식용유를 바늘귀에 실을 꿰듯이 조신하게 들이 붓는다. 개미구멍 속으로 폐식용유가 들어가고 들어가지 못한 폐식용유는 보도블록 주위에 번져 얼룩진다.
　오전의 날씨 치고 한참 덥다.

입구가 막혔다. 개미를 쓸려나가게 하던 물이 아니다. 이번에는 천천히 밀려들어온다. 막 밀려들어온 것들로 개미의 다리는 움직이지 못한다. 한 발이 빠져나오지 못하자 나머지 발로 움직인다. 그 발들이 차례차례 빠져들었고 점차 개미 몸 전체를 한 덩어리로 만든다. 끈적한 것에 갇힌다. 끈적함이 동굴 깊은 곳으로 조금씩 밀려들어간다.

흙의 성질, 나무의 단단하기, 먹이 상태를 수집하는 더듬이. 다른 개미의 더듬이와 주고받은 정보를 축적하여 거대한 개미의 세계를 이룬다. 더듬이가 끈끈한 것에 의해 움직임이 느려진다. 계속 밀려들어오는 끈끈한 것에 의해 더듬이의 움직임이 완전히 멈춘다.

움직이지 못하는 더듬이는 곧 개미의 죽음이다. 태어나면서 개미굴 속의 모든 일을 도맡아 처리하도록 운명 지어진 개미들은 평생 짝짓기 한 번 하지 못한 채 그렇게 죽어간다.

"뜨거운 물, 소용없어요. 폐식용유에 이놈들이 꼼짝 못해요."
"민원이 있었습니까? 누군가."

"아니오, 없었습니다."

"그런데 왜 그러지요?"

"그냥요. 난 이 개미들이 싫어요. 일종의 재미지요."

개미는 무엇인가를 그리워하고 미워하고 증오하고 사랑하는 변덕스러움을 모른다. 그런 감정들은 개미의 세계와는 전혀 상관없는 일이다. 개미는 쪼르르 기어가다 멈추어 더듬이로 냄새를 추적하고, 쪼르르 기어가 먹이를 찾는다. 지나간 길은 절대로 잊지 않는다. 죽음에 회한이 있을 수 없다. 척추가 없어 아픔을 모른다. 죽음의 안타까움을 알지 못한다. 오직 더듬거릴 뿐이다. 죽은 개미가 하던 일은 또 다른 일개미가 이어간다. 몇 마리가 살았고 몇 마리가 죽었는지 아무도 신경 쓰지 않는다.

사람과 개미는 지구 생태계를 양분하는 두 지배자다. 두 지배자는 서로를 모른다. 개미는 사람의 세계를, 사람은 개미의 세계를 알지 못한다.

한낮의 빛은 밤의 어둠의 깊이를 알지 못한다.

칼과 이브

분당의 탑동에 공장형아파트가 오밀조밀 자리 잡고 있다. 공장형아파트 옆길로 자동차 한 대 드나들 수 있는 비탈길이 있다. 비탈길을 따라 오르다 보면 작은 언덕을 넘게 되고, 그곳에서는 우묵한 동네가 내려다보인다. 가구는 30여 호가 되지만 그중 절반은 비닐하우스에서 생활한다. 먼지를 뒤집어쓴, 슈퍼마켓을 흉내 내고 있는 가게 하나 있고, 슬라브집들은 하나같이 먹장구름에도 금방 무너져 내릴 모양새다. 드러난 논과 밭은 그 수를 셀 수 있다. 대개는 비닐하우스에서 채소를 재배한다. 도심 속의 완벽한 농촌이다. 사방이 낮은 봉우리로 둘러싸인 이 동네는 작은 분지에 납작 엎드려 있다. 사람들은 거먹골이라 불렀다. 밤이 되면 몇 개의 가로등이 희미하게 자신만을 드러내고 있어 어둡고 적막하다. 야탑역과 서현역 쪽에서 어둠을 밝히는 불빛은 이 동네의 앞산에 막혀 들어오지 못한다. 앞산은 더 까매지고 들어오지 못한 불빛은 오로라가 되어 춤을 춘다.

덕주가 이 동네에 들어온 것은 5년 전이다. 덕주는 작은 체구에 말수가 적었다. 거칠게 힘으로 누르려는 자들이 흔했다. 특히 울산과 부산에서의 노동판은 더 심했다. 거기에서 스스로 알게 된 것은 회칼의 힘이었다. 누구를 살해하겠다는 생각보다는 자신을 지키려는 필요성에서 회칼을 들었다. 회칼을 슬쩍 보이기만 해도 덕주를 무시하지 못했다. 기가 막힌다. 자신을 지키려고 보여준 회칼이 그 곳에서 자신의 일자리를 잃게 했다. 강릉으로 옮기고 다시 분당으로 오게 된 이유도 비슷하다. 한곳에서 오래 일하지 못한다는 것은 돈이 궁색해진다는 뜻이다. 복정역 근처에서 덕주는 일자리를 찾는다. 새벽같이 나가서 덕주를 필요로 하는 사람이 없으면 집에 돌아온다. 일용직 잡부로 일하고, 그 돈이 있는 한까지 견디고 돈이 바닥을 보이면 다시 복정역으로 나간다. 이럴 때도 덕주는 늘 회칼을 뒷주머니에 넣고 다닌다. 자신을 무시한다고 생각될 때 회칼을 꺼내든 순간 힘의 균형은 덕주에게로 기울어진다.

크리스마스이브, 하늘에는 구름이 잔뜩 끼었다. 사람들은 함박눈이 내리는 밤을 기대하지만 쉽게 내려주지 않을 구름이다. 작은 교회는 이 동네 슬라브집을 닮았다. 점멸등을 대충 걸어놓았다. 십자가는 단연 붉다. 덕주가 세 들어 사는 집에서 빤히 보인다. 잠깐의 거리다. 교회 안은 환하게 불을 밝혀놓았고, 아이들의 술렁거림이 손에 잡힌다.

저녁 6시쯤 환하게 불 켜진 교회 입구가 또렷하다. 덕주는 어두컴컴한 곳에서 몽롱한 시선으로 구원의 빛이 쏟아지는 교회를 건너다본다. 덕주는 누워있던 옷차림으로 부스스 일어난다. 머리 손질도 하지 않는다. 비닐하우스를 빙 돌아 불빛 속으로 들어간다. 풍금소리에 아이들의 합창소리가 뚜렷이 들린다. 두터운 구름 아래로 낮게 깔리는 풍금소리는 마음을 포근하게 가라앉힌다. 눈은 오지 않는다.

 덕주가 천천히 문을 열고 들어간다. 실내의 따뜻함이 온몸을 감싼다. 열서너 명의 아이들이 작은 강단 위에 옹기종기 모여 나란하다. 왼쪽에서 풍금 치는 여자는 대학생 정도다. 등을 보이고 있는 남자 지휘자도 젊음의 뒷태를 보이고 있다. '기쁘다 구주 오셨네'가 한창이다. 덕주는 느릿느릿 다가가 지휘자를 슬쩍 옆으로 밀친다. 깜짝 놀란 지휘자가 주춤하고 밀려난다. 아이들은 '만백성~마'의 '마'의 입 모양으로 정지된다. 풍금소리도 잠시 멈춘다. 덕주가 두 손을 들어 휘젓는다. 옆으로 밀려난 지휘자는 덕주와 자신을 번갈아가며 눈동자를 굴리는 아이들에게 고개를 끄덕여준다. 괜찮으니 계속 부르라고. 풍금소리도 조금씩 박자를 맞춰준다. 덕주의 왼손은 작은 움직임으로 박자를 맞추고 오른손의 동작은 크다. 풍금 치는 반주자에게는 왼손으로 가리키고 절제력을 보이라는 듯 손바닥을 아래로 누르기도 한다. 오른손은 미풍에 날리는 범선의 돛이 되어 살랑살랑 흔든다. 톡톡 치는 모습을 보이기도 한다. 박자와 리듬에 점점 자신 있는 몸짓, 지휘다. 머리를 끄덕이며 아이들을 차례차례 훑어보면서 온몸으로 지휘한다. 아이들도 쭈뼛대던 모습이 사라진다. 우스꽝스러운 지휘지만, 조금은 틀려도, 바른 음정을 내지 않아도 될 것 같은 분위기를 알아차린다. 아이들은 쇳소리로 맘껏 소리를 지른다. 절제에서 벗어나 탁 터진 질박한 목소리로 아이들은 신이 났다.

"한 번 더!"

풍금 소리가 교회 안을 가득 채운다. '만백성 맞으라~' 합창은 교회 창문을 벌써 벗어나고 있다.

하늘 가득한 검은 구름이 때맞춰 함박눈으로 그 노래를 맞이한다. 눈이 펑펑 내린다.

아버지의 문

집무실이다. 직원들이 드나든다. 결재서류에 사인을 받고 나간다. 나가면서 문을 닫는다. 소리가 나는 경우도 있고 닫혀진 것을 확인해 보아야 할 정도로 조용히 닫혀지는 경우도 있다. 옆으로 밀면 스르르 밀린다. 이런 문은 조심스럽게 닫아도 퉁 소리와 함께 반동되어 조금 열려지게 된다.

집무실에 혼자 있는 사람이 소리친다.

"야! 문 닫아!"

집무실을 나간 직원이 문을 제대로 닫지 않았다. 집무실에 있는 사람은 의자에서 일어나 조금 열려진 문을 제대로 닫고 책상으로 되돌아오곤 했다. 문이 조금 열려진 것이 자신의 집무를 방해하는 것이라 생각한 것일까. 가버린 직원에게 참고 참았던 짜증이 터진 것이다.

생활에서 우리는 여러 종류의 문과 만난다. 밀고 들어가는 문, 빙글빙글 도는 투명한 통 속으로 들어가는 문, 누름판을 가볍게 터치하면 옆으로 밀리는 문, 한쪽으로만 열리는 문들이다. 들어가고 나면 사람들은 닫히는 문에 대해 관심이 없다. 문이 스스로 닫히므로. 그래서 사람들은 뒤를 돌아보지 않는다. 요즈음의 문은 열리기만 하는 문이다. 밀고 들어가기만 한다. 자신의 목적을 이루기 위해 나아가기만 하는 문이다.

큰 건물에는 경비원이 배치되어 있다. 문은 한 사람씩 통과한다. 24시간 365일 CCTV로 확인하는 곳이 점점 늘어나고 있다. 아파트에서도 드나드는 사람을 확인한다. 현관문에는 비밀번호가 입력된 잠금장치가 있다. 비밀번호를 수시로 변경하기도 한다.

문 안에는 또 하나의 빗장으로 굳게 닫혀있다. 전자장비와 튼튼한 잠금장치로 문 안을 단속한다. 굳건하게 닫혀있어 안에 누가 사는지 무엇을 하는지 알 수 없다. 그래서 이 문은 비밀투성이다. 다른 사람과의 소통을 고려하지 않는다. 타인과의 왕래를 준비하는 것이 아니라 타인의 침입을 거부하는 문이 됐다.

타인과의 관계는 집밖에서 이루어진다. 친척과의 만남조차 밖에서 치러진다. 타인을 집안으로 끌어들이지 않는다.

자신의 가족을 생각하고 안락함을 위해 그 문들은 더 굳게 닫혀있다. 그 안에 살고 있는 사람의 마음도 함께 닫힌다.

문은 단절의 장치가 됐다.

동이 트기 전 아버지는 대문 한 짝을 지그시 열어 밖으로 나가면서 하루를 시작한다. 논밭을 한 바퀴 돌고 들어오면서 나머지 짝도 활짝 열어젖힌다. 열려진 문으로 이른 아침부터 지나가던 어른들이 들어와 아궁이 앞에 쪼그리고 앉아 막걸리를 기울인다. 일터로 나갈 때, 외출을 할 때에도 닫아놓지를 않는다. 온 식구가 하루 종일 집을 비워야 할 행사가 있을 경우에 문을 닫아놓지만 지나가는 강아지가 슬쩍 밀어도 열리는 문단속이다.

저녁이 되어 사위가 조용해진다. 잠 잘 시간이다. 한 짝 문은 닫아놓고 한 짝은 지쳐놓는다. 모든 식구들이 들어온 것을 확인하고, 그제야 대문을 닫는다. 아버지가 대문을 닫는다. 빗장을 지르고 빗장거리를 친다. 이로써 하루를 닫는다.

이때 대문을 닫는다는 것은 동물들이 무시로 드나드는 것을 단속한다는 것이지 사람이 드나드는 걸 강제하겠다는 문단속이 아니었다. 밤바람이 짓쳐들어오는 것을 단속하는 정도였다.

낮 동안의 대문은 열려있어야 하는 것이 우선이었다. 활짝 열어놓음으로써 재복과 행운이 굴러 들어옴을 기원하는 의미이기도 하나 그보다 먼저 생각하는 것은 사람이었다. 늘 열려있음은 찾아오는 사람을 환영한다는 의미였다.

대문은 소통의 장치이자 사람을 정중히 받아들이는 통로였다.

그게 사실은

추운 겨울, 덜덜 떨리는 몸을 옹송거리며 찾아든 포장마차.

우리는 소주와 꼼장어를 시킨다. 홍합과 국물이 덤으로 나온다.
홍합과 국물로 술병을 비워낸다. 꼼장어가 나오기 전

"국물 좀 더 줘요."

주인은 말없이 빈 그릇을 다시 채워준다. 쫘악 벌어진 홍합이
그릇 위로 수북하다. 국물은 뽀얗다. 조갯살을 얼른 빼먹고 타원
형의 불룩한 껍데기를 뒤집어 국물을 홀짝홀짝 떠 마신다. 얼었던

몸은 풀어지고 덩달아 마음도 따뜻하게 덮여진다. 꼼장어가 오히려 뒷전이다. 친근한 홍합이었다. 막걸리나 소주 한 잔 하기에 알맞다. 홍합은 애주가들에게 서비스 안주였다.

'살이 통통하게 차오르다가 샛바람(東風) 한 번 불고 나면 독 오른 계집처럼 꾸웅 하고 안으로 뭉쳐들어 살은 쪼그라들고 엉덩짝에 시커먼 똥만 찬다.'는 홍합.

남해안에서 양식한다. 대량생산한다.

요즈음 홍합은 가격도 비싸지고 메뉴도 다양해진 귀한 안주가 되었다. 홍합전문점도 많다.

요즘 즐겨 먹는 홍합은 외국 선박에 붙어 유입된 지중해 담치다. 우리가 주로 먹던 홍합은 참담치였다. 지중해 담치보다 맛있고 구하기도 어렵다. 비싸다.

"이건 홍합이 아니고 지중해 담치야!"

깜깜한 한바다에 휘황하게 불을 밝힌 어선을 볼 때가 있다.

그 어선에서 고기를 낚거나 그물을 걷어 올리는 사람들의 노고를 생각하기 전에 나는 낭만을 먼저 떠올린다. 펄떡펄떡 뛰는 갈치, 배 위로 끌어올려져도 온몸으로 꿈틀거리며 저항하는 문어, 올라오자마자 제풀에 생을 마감하는 박대, 만선으로 골이 깊게 패인 주름을 더 깊게 하는 어부의 웃음…, 끌어올린 생물로 즉석에서 라면을 끓여먹는 모습은 내 몸을 떨리게 한다. 잡아 올린 고기를 나무 상자에 차곡차곡 넣고 그 위에 얼음을 채워놓는 모습에서 노동의 빛남을 느낀다.

새벽 3시, 자명종 소리에 눈을 뜬다. 물 한 잔이 먼저다. 4시경에 배에 오르고 어제 아침에 쳐놓은 그물이 있는 바다목장으로 한 시간가량 이동한다. 그물을 걷어 올려 고기들을 따낸다. 가자미가 보이고 오징어, 도치, 도루묵이 올라온다. 고기가 잘 올라오는 어장에 그물을 치기 위해 배로 막 부닥치고, 욕설을 퍼붓고, 칼로 남의 그물을 잘라내는, 인정사정이 없던 때는 다 지나간 시절이다.

손질해온 그물을 다시 그 자리에 친다. 걷어 올린 그물은 항구에 사시고 가서 손질해 놓는다. 내일 그 그물을 쳐야 한다. 항구에 9시쯤 돌아온다. 잡은 고기를 공판장에 넘기고 집으로 돌아와 아침을 먹는다. 꿀맛이다. 어부가 말한다.

"빚만 안 지고 살자 한다. 산다는 게 뭐 있나? 배 타고 왔다갔다 하면서 세월이 가는 거지. 그렇게 사는 날까지 사는 거지."

내 주위에는 여러 종류의 참담치와 담치가 있다. 그러리라고 짐작하고 단정 지었던 일들에 오류가 있다. 내가 생각도 하지 못한 곳에서 묵묵히 자기 자리를 지키며 담담하게 삶을 이어가는 이웃이 있다.

물에 맡기다

솔방울 한 개를 물이 잘박한 행운죽 분에 던져놓은 것은 어제 저녁이었다. 활짝 벌어진 솔방울이다.

'왜 이래?' 활짝 벌어졌던 솔방울이 비늘갑옷을 입은 고슴도치처럼 작고 단단하게 오므라들었다. '분명 활짝 벌어졌던 솔방울이었지!' 긴가빈가하면서 솔방울을 건져 놓았다. 습기가 조금씩 마르고 솔방울의 끝부분부터 벌어졌다. 물 속에 던져놓기 전의 솔방울의 모습으로 되돌아오는데 3일이 걸렸다.

"히야, 이것 봐라!"

나는 공원에서 학교에서 산에서 잘생긴(?) 솔방울을 따기도 하고 줍기도 했다. 화분 받침대에 물을 붓고 솔방울을 수북이 올려놓았다. 30분 정도 지나면 수북하던 솔방울들이 납작해졌다. 큰 솔방울 작은 솔방울 모두 한결같이 오므라든 모습이 야무졌다. 활짝 벌리고 있던 갈색 솔방울의 솔 비늘이 물을 만나 오므라든 것이다.

향기와 함께 송홧가루 바람에 날리면 초록 솔방울이 맺힌다. 한 해가 지나면 솔방울은 누렇게 변해 익어가면서 활짝 벌어진다. 벌어진 솔 비늘 사이에 온전히 들어있던 솔씨가 밀려 밖으로 나온다. 솔씨는 솔방울이 활짝 벌어져도 한꺼번에 빠져나오지 못한다. 비가 오면 오므라들고 햇볕에 말라 벌어지는 과정을 되풀이 하면서 조금씩 밀리어 나온다. 드디어는 중력에 몸을 맡긴다. 바람이 날리어 빙글빙글 돌며 하강하는 모습이 제법이다. 솔방울이 벌어지고 솔씨가 떨어지고 싹을 틔운다. 물이다.

비는 물을 본질로 한다. '물' 하고 가만히 입술을 달싹거려 본다.

달싹거리는 것은 입술인데 머릿속에선 물의 속성으로 가득하다.

물은 순리에 따른다. 웅덩이를 만나면 아무리 깊어도 다 채우고 나서야 제 길을 튼다. 큰 산을 만나면 어떻게 하는가. 있는 힘을 다해 부딪쳐 산산이 부서지지 않는다. 부딪치기보다는 새로운 물길을 내며 큰 장애물을 에돌아나간다.

급한 지형에서는 그 지형에 맞게 빠르게 나아간다. 평원을 만나면 물은 서로 두런거리며 유유히 나아간다. 뒤에서 쫓아가는 물은 앞에 나아가는 물을 짓쳐 들어가 그 진열을 무너뜨리지 않는다. 앞 물을 뛰어넘어 앞으로 내닫지도 않는다. 경쟁하지 않는다. 함께 한다.

물은 낮은 데로 낮은 데로 흐른다. 자신을 낮추는 것, 물의 속성이다.

장마와 태풍이 겹쳐 강물이 크게 불어 탁류가 됐다. 탁류는 품에 안을 수 있는 것은 무엇이든지 끌어안고 하류로 거세게 흐른다. 여기에 소와 말이 휩쓸렸다. 힘이 좋은 말은 있는 힘껏 네 발을 휘젓는다. 탁류에 떠내려가지 않으려 한다. 소는 탁류에 몸을 신고 네 발을 슬쩍슬쩍 저으며 둥둥 떠내려간다. 잦은 자맥질을 하던 말이 입속의 물을 허푸허푸 뱉으며 소리친다.

"떠내려가잖아! 헤엄쳐!"

탁류에 몸을 맡기고 둥둥 떠내려가던 소는 강 한가운데에 있는 작은 섬에 오른다. 떨리는 몸을 부르르 흔들어 물을 털고 상류에서 흘러내려오는 도도한 탁류를 바라본다. 그 탁류에 네 다리가 하늘로 들어올려지기도 하고 등을 보이기도 하며 마치 통나무처럼 뒹굴뒹굴 굴러 떠내려가는 것이 있다. 말이었다.

소의 순하고 커다란 눈망울이 말한다.

'물에 몸을 맡기지…'

만득이의 눈

증씨네 사랑방은 동지슫달 짧은 해 지기 미섭게 동네꾼덜이 뫼기 시작허쥬.

이 씨와 조 씨가 짚단을 한 단씩 들구 들어오네유. 샌내끼 꼴려구 그러쥬. 먼첨 온 냥반이 짚 몇 단을 물에 적시구 수챗구멍 앞에 놓여진 돌멩이에 올려놓구 메텡이*질을 몇 번 해댄규. 짚단의 아랫도리를 매조지**해논거쥬. 짚일을 하기에 좋다네유.

* 메탕(큰 나무도막에 자루를 메어 만든 나무망치)

이씨가 샌내끼를 꼬면서 조씨의 샌내끼를 보네유.

"멀 할려구 그렇게 지렁이처럼 가늘게 꼰댜?"

"이잉, 내도 구럭* 한나 맹글라구. 구럭 미치 전수 빠졌다구 예펜네가 언간히 짜구있어야지."

이 씨와 조 씨의 샌내끼 꼬는 솜씨는 증말루 선수유. 왕솔 껍데기 같은 손이 워째 그륵케 볏짚을 잘 비비는지유. 스걱스걱 비벼 나가면서 얼굴 위까지 올라오면유, 두세 개의 짚을 잇대어 밑에서부터 비벼대구 어느새 공중까지 올라가네유. 귀경하는 재미두 오지지유.

한 씨는 맷방석을 둥그렇게 엮꾸** 있슈. 조 씨가 핀잔주네유.

"자넨, 이 방을 혼자 다 차지헐라구 허남. 맷방석은 집에서 혀."

"히힛."

"성님두 차암. 우리 집이 옴팡집***이라는 거 물루면서 허는 말이래유? 지가 여기 아니문 워디가서 이 일 허것슈. 안그류?"

** 일의 끝을 단단히 맺어 조지는 품
* 새끼로 그물처럼 눈을 드물게 떠서 만든 물건
** 엮구(엮다)
*** 오막살이. 매우 작은 집

044

"흐히잇."

말끝마다 히힛, 흐히잇하며 장단을 맞추는 사램은 이 동네 만득이유.

워느새 담배를 피어물구 손바닥 침 발러 연신 비벼 샌내끼 꼬던 이 씨가 궁시렁거리네유.

"니열 가마 칠 샌내끼 읎다구 워치키나 마누래가 억척시런지. 내가 이녀리것 꽈 대다가 골벵 들것이."

한 씨가 맞받어치네유.

"그깟 거 한 장이 을매 간다구유. 눈구뎅이에 가마니떼기 깔고 누워 죽어버리믄 골벵은 안들쥬."

남구 깎어 호미자루 맹글던 증 씨가 헛기침 허네유.

"골벵이여. 험, 내 새끼넌 이번에두 일등했디야. 걔넌…."

"또유? 그런 자석이믄 골벵은 벵이 아니라 훈장이유, 훈장!"

김 씨는 방구석에 조신허니 웅크리고 앉아 구럭을 맹글고 있네유. 구럭 밑은 다 엑꾸 쩐* 을 믹 올리네유. 푸욱허구 한숨짓다가 묻는 말에 아니유, 그류, 지가 허쥬, 로 말씨가 즉은 사램이유.

---

* 쩐(가장자리)

한 씨가 꼬던 샌내끼 끝에 볏짚을 꿍하는 맴으로 힘껏 멕이면서 김 씨를 흘끔거리다 눈이 마주쳤네유.

"자네 안식구 병원서 나왔대문서. 차도는 좀 있능겨?"

"차도는유. 둔 읎어 나옹규. 인전 그냥 앞세울내냐뷰."

"흐흑!"

벨 수가 뵈지 않는 방 안 사램덜, 신문지에 말은 봉초만 애꿎게 담배질 해대구 있구먼유. 상수리 갈아 자베기에 담가놓은 물에서 알갱이가 가라앉듯 김 씨의 체념이 사램덜 가슴에 쌓이네유. 밤은 이슥해지구유.

"오널 밤참으로 묵 한 사발씩 묵자구 준비혀 놨네잉."

자식을 더 자랑시럽게 허구, 가심 아픈 사램의 맴을 달래줄라구 허는 생각이선지 중 씨의 말에 심이 들어있었슈.

대여섯 멩이 낭낙히 먹을 수 있는 묵무침이 양푼에 댕겨 사랑방으로 들어왔슈.

사램덜은 양푼 주위에 빼앵 둘러 양반다리를 허구 앉았네유. 두 손은 무릎 위에 올려놓구 침을 꿀떡 삼키며 등허리를 쭈욱 폈

슈. 만득이가 들어가 앉을 자리가 좁네유.

옆의 한 씨가 자리를 맹글어줄라구 허다 주뼛주뼛거리며 점잖은 목소리로 말하네유.

"만득이는 묵을 싫어헌다든디, 증말여?"

맞은편서 이 말을 얼른 받네유.

"워치케허다 묵을 싫어헌다나? 묵으면 배가 아픈 사램두 있다더니. 사실이구먼."

"만득이, 어렸을 적 상수리 남구에서 떨어져 저렇게 됐잖여. 그래서 그럴껴!"

낑겨 앉을라던 만득이 헐 수 없어, 헐 수 없이 슬며시 뒤로 빠졌잖유.

묵은 탱글탱글했슈. 잘 익은 배차짐치를 송송 썰어넣어 아삭거렸쥬. 사램덜은 알고 있었슈. 고소한 들지름을 듬뿍 둘러쳤다는 것을유. 한 사발씩 그이눈 감치듯 만나게 먹어치웠슈. 트림하는 짓거리도 허구유. 아랫배를 쓸믄서 잘 먹었으니께, 허는 거 같기두 허구유. 어험하는 기침소리에는 심이 짱짱했지유. 음식을 먹은 후 안 피면 직사한다는 말을 믿으닝께, 담배 한 대썩 말어 피울

참이쥬.

"이게 뭔 소리랴?"

방 밖 한데서 들려오는 소리였슈.

그류. 만득이가 빈 양푼 바닥을 숟가락으로 드드득 뜨드득 긁어 대는 소리였슈. 양푼 바닥을 긁어대는 소리를 깜깜한 밤하늘이 한참 듣구 있었쥬. 함박눈을 펑펑 쏟아부으며 까만 밤하늘이 벙긋 허네유.

맞어유. 이럴 땐 풍년이래두 들어야허지유. 그래야 되지 않겠 슈?

털다

장대로 후려친다. 두 번 세 번. 아버지의 두 팔에는 힘줄이 불거지고 훤히 드러난 목줄기에 푸른 줄이 꿈틀댄다. 떨어지지 않는 놈들 가지 사이로 장대를 깊숙이 집어넣는다. 투덕투덕 앞뒤로 양 옆으로 휘몰아친다. 모두 떨어진다. 밤을 털 때는 줍지 말라고, 이따 주우라고, 미리에 박힌 가시는 빼내기 어렵다는 말도 듣지 않는다. 장대 휘두르기를 멈춘 후에 주워도 되는데, 나는 무엇이 그리 급한지. 광주리를 머리에 뒤집어쓰고 밤나무 밑으로 기어들어간다. 장대의 투덕거리는 소리, 광주리 위로 떨어지는 밤송이, 알밤이 땅에 떨어지는 소리에 몸이 팽팽해진다. 때론 밤송이, 알밤이 내 몸에 맞아도 기분이 좋다. 밤송이는 맨땅 쪽으로 발로 차서 보내고 알밤은 주워 소쿠리에 담는다. 신나는 밤 털기다. 아버지가 옆 밤나무로 가고 나는 다 털린 밤나무를 올려다본다. 밤나무는 털리고 찢기고 만신창이가 되어 초췌한 모습이다. 한 해 온힘을 다해 보듬어왔던 것들을 다 털린다. 빈털터리로 서 있다. 내년을 기약하는 힘까지 마구 털어댔다.

신상정보 총정리로 시작하는 신상 털기도 밤 털기와 유사하다. 털린 사람은 자신의 성취를 위해 열심히 살아온 모든 것을 날린다. 빈털터리로 남는다. 밤나무처럼 신상을 털리고 빈 손바닥을 내려다 볼 뿐이다. 개인의 파산을 맞게 되는 경우도 본다. 신상정보 총정리에 사진은 물론 몸무게, 가족관계, 출신학교, 주량, 친구끼리 불러주는 별명까지 공개된다.

지하철 막말남, 어느 대학의 패륜녀, 대학생 집단성폭행에서 한동안 누리꾼들의 털기가 집요했다. 정당한 절차를 거친 처벌이 이루어지지 않는 것에 화가 난 누리꾼들이 법 대신 처벌을 내리고 싶어 하는 마음이라 짐작할 수 있다. 정작 털어야 할 사람의 신상은 털리지 않았다는 것이 나중에 알려지게 된다. 관계가 적은 사람이나 가까운 친구의 신상이 털리고 이들의 삶을 망가뜨렸다.

대선에서도 이와 유사한 털기가 있었다. 상대방을 마구 털어댔으며 모두는 정확한 사실을 파악하지 못하게 된다. 이런 털기는 많은 사람들의 심증적 방황을 유발하게 된다. 박빙의 접전에서 막된 신상털기는 상투적이나 치명적이었다. 대선이 끝나고 나서야 진실을 보게 된다.

사람들은 직장에서 게임에서 취미활동에서 여러 사람들과 함께 관계를 이루며 살아간다. 사람이 모이면 자신의 주장이 강하고 자신의 이익을 위해 행동하는 사람을 보게 된다.

내가 좋아하는 게임에서, 자신에게 유리하게 규칙을 조금씩 변형 적용하려는 동료가 있었다. 나머지 여럿은 묵묵히 그의 규칙을 따라 게임을 한다. 게임이 끝나고 그가 없을 때 우리들은 그에 대한 불편함을 조금씩 드러낸다. 시간이 지나면서 그의 평상시

걸거침이 됐던 사연, 과거 행적까지 드러내서 비난을 쏟는다. 일종의 신상 털기였다. 한번 털기가 시작되면 그 내용이 과장되거나 비약하여 꾸며낸 악의도 있었다는 것을 경험한다. 신상 털기는 현대판 마녀사냥이다.

신상 털기가 일상화되고 있는 것은 아닌지. 일반적이고 평범한 사람들이 상대방의 신상을 턴다. 양쪽 다 옳다, 양쪽 다 그르다, 한쪽이 옳다 중 판단이 비슷한 사람끼리 모인다. 무리져 이야기를 나누고 상대방의 신상을 털어대기 시작한다. 알게 모르게 시작한 우리들의 작은 신상 털기가 들불처럼 번진다.

생명을 전하는 털기도 있다.

태평양 크리스마스섬에 사는 홍게다. 이 홍게는 산에 살다 알을 까기 위해 약 40km 거리에 있는 바닷가로 여정을 떠난다. 자연계의 시계에 의해 움직이는 이들을 그 무엇도 막지 못한다. 집 마당을 지나고 개울을 건너고 절벽에서 떨어져 기어가고, 자동차에 치여 죽고 유조차에 온몸이 으스러져도 보름여를 기어간다. 상현달이 뜨는 시기를 정확히 맞춰서 알을 낳고 그 알들은 바다로 휩

쓸려 들어가고 12개월 후에 새끼 홍게로 변해 고향으로 찾아온다. 이 12개월 동안 수백만 마리의 새끼 홍게는 천적들에 의해 먹이가 되기도 한다.

드디어 바다에 도착한다. 만조가 되기를 기다린다. 수백만 마리의 홍게가 꽉 들어찬 바다는 온통 붉은색으로 변한다. 만조의 멈춤은 잠깐이다. 썰물 후에는 남아있는 것이 없다. 썰물이 막 시작되면 참고 참았던 알 털기가 시작된다. 작은 다리로는 몸을 지탱하고 집게발 두 개를 번쩍 쳐들어 하늘을 떠받친다. 주술하기 위한 모습이다. 참고 참았던, 온몸으로 품어온 알을 털어댄다. 집게발 두 개를 하늘로 뻗치고 춤추며 온몸을 마구마구 흔들어 털어댄다.

"이 생명을 받아주소서!"

둘

허벅지에 이름을 쓰다

나는 글 쓰는 법을 배우려 하였고,

그것을 가장 단순한 사물로부터 시작하려 했다

—어니스트 헤밍웨이 ≪오후의 죽음≫에서

콩나물의 물음표

밑에 구멍이 숭숭 뚫린 시루에 짚을 깔고 하루 정도 불린 콩을 안칩니다. 그 위에 검은 보자기를 덮어둔 콩나물시루, 작은방 아랫목에 자리 잡습니다. 자배기 위에 쳇다리 걸쳐놓고 의젓이 앉아 있는 콩나물시루. 검은 보자기 걷어내고 물을 줍니다. 자배기 안으로 물 빠지는 소리가 시원합니다. 그 소리를 들으며 검은 보자기를 살포시 찬찬히 덮어줍니다. 아랫목은 따스합니다. 검은 보자기로 덮어둔 콩나물시루 속은 아늑합니다. 만날 때마다 눈인사를 나누듯 자배기 속의 물로 끼얹습니다.

갸웃하며 고개를 들어 노오란 작은 물음표가 됩니다. 콩나물은 점점 금빛을 띠고 위로 위로 자랍니다. 검은 보자기를 들춰보지 않아도 토실토실해집니다.

검은 보자기는 절묘한 장치랍니다. 콩나물은 광합성 작용에서 벗어나도 한참을 벗어나 있습니다. 햇볕에 몸을 드러내는 순간, 콩나물은 초록색으로 변해버립니다. 검은 보자기를 벗겨버리면 안 되지요. 빛을 싫어해요. 보자기 속에서라야 콩나물은 성숙해 진답니다.

사람들은 다른 사람이 덮고 있는 보자기를 들춰보고 싶어 하는 욕망이 있는가 봅니다. 이것저것 물어보고 짐작하면서 그 속을 알아내려 합니다. 그러나 그 속을 알아내기란 힘든 일이지요. 보자기를 들춰 드러나는 그 사람의 상처를 우연히 보게 되었을 때의 난감함도 있었을 겁니다. 검은 보자기 속에 감춰진 상처나 진실을 그대로 덮어두어야 할 때가 있는 것이지요. 들춰보지 않고, 있는 그대로, 보이는 대로 조금은 떨어져 있는 것이 나에게도 상대방에게도 위안이 될 때가 있지요.

검은 보자기를 벗겨 내는 순간 콩나물은 새파랗게 질리게 됩니다. 더 이상 콩나물로 자랄 수 없게 된답니다.

콩나물은 제때에 물을 마시지 않으면 이상한 모습으로 자라게 됩니다. 곁뿌리가 마구 돋아납니다. 아무도 챙겨주지 않은 이런 콩나물은 곧바로 쓰레기가 됩니다. 콩나물에게 물을 알맞게 주어야 잘 자라게 되는 것이지요. 콩나물에게 물은 사랑입니다.

가정에서 전혀 사랑을 받지 못하고 있구나 하는 생각이 들게 하는 어린아이들이 있습니다. 어린 시절에 당연히 받아야 할 관심과 도움을 받지 못하는구나 하는 생각이 들게 하는 아이도 있습니다. 이들은 어른이 되어서도 자신의 어렸을 때 경험한 대로 행동한다지요. 다른 사람에게 사랑을 주지도 받지도 않으려 한다는 것입니다. 베풀고 도움을 주려는 태도도 찾기 힘들다는군요. 누구나 사랑을 받아야 할 때 받아야 하고 어려울 때는 도움을 받아야 합니다.

5년 전에 콩나물을 길러보았는데요. 콩도 불리고 제대로 안쳤어요. 물도 자주 주었지요. 하루가 지나고 싹이 텄어요. 그 싹 보기 좋았지요. 그리곤 그게 다였답니다. 콩나물은 더 이상 자라지 않고 싹부터 썩었습니다. 물, 콩나물이 자랄 수 없는 물이어서입니다.

유통기한이 지난 상한 음식이나 음료수로만 끼니를 잇게 한 엄마가 있었다지요. 결국, 병과 영양실조로 생을 일찍 마감했다고 하네요.

'꾸준히 책을 읽는다. 인문학 강좌도 기웃거리고 영화도 재미있게 본다. 그런데 나 자신은 어제의 나에게서 한 발짝도 나아가지 않는다. 통찰력 상상력이 늘어나기는커녕 읽은 것 본 것 느낀 것들이 하얘진다. 기억이 나지 않는다.'

그래요. 기억나지 않을 거예요. 콩나물이 자기 몸을 스치고 지난 물의 양을 어떻게 알 수 있겠어요. 기억나지 않아요. 생각하지도 않아요. 물의 양을 기억하지 못해도 콩나물은 잘 자라지요.

콩 위로 스쳐간 물의 퇴적으로 자라는 것이지요. 한꺼번에 흠뻑 물을 마시지도 않습니다. 때때로 적셔주는 물로 콩나물은 이렇게 매끈하고 통통해진답니다.

책 그리고 친구

형식이는 일주일에 세 권씩 책을 읽는다.

2학년 때부터 6학년까지 읽어오고 있다. 약 8백 권은 읽었을 것이다. 한 시간에 일여덟 권을 낄낄대며 읽어댔던 만화책은 제외하고 말이다.

형식이는 게임보다 책읽기를 좋아한다.

초등학교에서는 '독서 300운동'을 벌이고 있다. 1학년에 입학,

6학년을 졸업할 때까지 읽어야 할 독서량이다. 1주에 한 권꼴이다.

위대한 고전 100권을 달달 외울 정도가 아닌 학생은 졸업 시키지 않는다는 시카고대의 '시카고 플랜'이 있다.

'男兒須讀五車書'는 진부한 표현처럼 느껴지지만 오늘날에도 썩지 않고 여전히 빛을 발하고 있다. 짓궂게 계산을 해보았더니 3,000권이라 한다.

어느 교인은 성경을 9번 독파하고 세 번을 필사했다 한다.

형식이 친구 우영이는 책벌레이다.

지나쳐서 문제지만 분명 책을 좋아한다. 항상 책을 들고 다닌다. 쉬는 시간은 물론 청소시간에도 책을 읽으면서 청소를 하고 있으니 제대로 청소가 되겠는지. 친구들과 선생님께 꾸중을 들어도 씨익 웃음으로 넘겨버린다. 밥상 앞에서, 숙제도 제쳐 놓고, 가족과 나들이도 함께 하지 않으니 가족들도 환영하지 않는다. 그래도 형식이는 우영이를 좋아한다.

5학년 때 친구 상수는 책치이다.

읽어야 할 책을 잘 고르지 못하고 있어 형식이가 상수에게 붙여 준 별명이다. 6학년인데도 유치원에 다니는 동생들이 읽는, 그림이 많고 글은 몇 줄 안 되는 동화책을 무지하게 즐겨 읽는다. 삼사 년 전에 유행했던 해적판 만화는 그의 단골 메뉴이다. 책치이든 책바보이든 형식이는 그런 상수도 좋아한다.

회장인 범준이는 책돼지이다.

책이라면 찬밥 더운밥을 가리지 않는다. 만화에서 소설로, 역사소설에서 위인전으로, 심지어는 고딩들이 읽어야 할 철학 서적까지도 마구 먹어치우고 있다. 소화력도 왕성한 것만은 확실하다. 역사는 우리들이 가야할 길을 제시해주는 나침반 같은 거라는 둥, 지식은 졸업장이나 자격증이 아니라는 둥, 인생은 마라톤과 같은 것이며, 주위의 형편이 어려운 사람을 위하는 봉사활동이 삶의 지상의 가치라는 둥 엉뚱한 소리로 우리들을 어리둥절하게 만들기도 한다. 범준이는 형식이가 인정하는 우리 학교의 얼짱이다.

다음으로 봉국이다. 봉국이는 완전 늑대이다.

부모님이 사주신 것, 자신의 돈으로 구입한 책은 단 한 권도 없다. 형식이는 봉국이의 방에서 읽을 만한 책이 단 한 권도 없는 것을 보고 '뭐야!' 소리 지른 적이 있다. 책이 없으면 독서를 하지 못하는 것은 당연하겠지만 봉국이는 우리 몇몇이 인정하는 독서광임에 틀림없다. 학교도서관에 출석부가 있다는 듯이 얼굴을 디밀었고, 당돌이가 PC방에서 자주 해롱대듯이 고덕도서관을 드나들었다. 도서관에 근무하는 사서 누나는 웃으며 이렇게 말했다.

"야! 너는 학원도 안 다니냐?"

한 발 더 나아가겠다. 형식의 방에 들어와 책장을 주욱 둘러보고 책 한 권을 고르고는 그대로 아무 말도 없이 봉국이는 그렇게 책을 갖고 가버렸다. 형식의 것만이 그런 것이 아니다. 친구들의 집에 들러서는 자기 식성에 맞는 책을 순식간에 탈취하였다. 친구가 뭐라고 말할 성 싶으면 굶주린 늑대의 으르렁거리는 소리가 들리는 듯하였다. 그래서 형식이는 봉국이를 책늑대라고 불렀다.

당돌이!

이름처럼 우리들을 황당하게 만드는 반 친구다.

"너희들 바보 아냐? PC방에 한 번 가봐! 끝내주는 게임 천국이 거기에 있어. 2학년 이후로 책을 한 권도 안 읽었지만 나는 하루하루가 즐거워."

당돌이가 히죽거리며 우리들에게 한 말이다.

책돼지인 범준이가 또 우리들을 어리둥절하게 한다.

"2등이나 3등은 시간과 노력만 투자하면 할 수 있다. 그러나 1등은 다르다. 읽고 쓰고 판단하고 말하고 결론을 내리고 대안을 이끌어내는 힘은 독서량에 의한다. 책을 많이 읽은 사람만이 1등을 할 수 있다!"

'인터넷 제국'을 건설했던 빌 게이츠가 멀리 미국에서 책돼지인 범준이에게 사랑의 총을 쏜다.

"컴퓨터가 책을 대체하리라고는 생각하지 않는다. 책은 컴퓨터를 능가한다."

좀비가 되다

잘 알려지지 않은 바이러스에 감염되어 이성적으로 판단하는 능력을 잃어버려 둘은 좀비가 되었다. 2인3각 경기를 하듯 서로의 한 손으로 깍지를 꼈다. 좀비깍짓손이 되었다.

선운사까지 갈 때 둘은 깍짓손 상태로 운전을 했다. 선운사 대웅전 앞에서 합장하고 부치에게 인사를 할 때도 깍짓손인 채로 나머지 한 손을 서로 맞대 합장했다. 도솔산에 올랐다. 작은 돌멩이를 툭툭 차며 너덜겅을 지나칠 때도 깍짓손이었다. 좁은 굴을 통과하기도 하고 절벽 위를 이어가는 길에서도 앞뒤로 나란해야 하는 길에서도 둘은 앞에서 끌어주고 뒤에서 끌려가는 모습으로 도솔산 정상에 올랐다. 발 아래로는 덩치 큰 산과 또 다른 산들이 서로의 어깨를 비집고 엎드려 있는데 그 모습이 자우룩했다. 그 어둑신한 산 넘어 멀리 바다가 하늘에 닿아있다. 그 바다에서 해가 숨 가쁘게 자맥질하고 있었다. 하늘도 바다도 온통 주황색이었다. 이 주황색은 조금씩 흔들려 주홍으로 빨강으로 연분홍으로 변하며 둘을 비쳤다. 둘은 한 덩어리가 되었다. 서로의 한 손은 깍지로 서로에게 족쇄를 채웠고 자유로운 손으로 서로의 머리 위로 올려 커다랗고 토실한 하트를 만들고 있었다.

"세상은 이토록 아름다워!"

해는 선홍의 빛을 급격히 잃어버리고 검붉게 변하고 끝내는 검은 바다로 넘어갔다.

오아시스가 있어서 사막은 아름답다. 신두리 사구는 사막을 그럴듯하게 연출하고 있었다. 둘은 깍짓손으로 이곳에서 오아시스를 찾아 걷고 또 걸었다. 모래톱에 앉아 쉬기도 했다. 바람에 실려와 쌓이는 모래를 보았다. 모래가 바람에 날려 사구의 모습을 지우고 있는 곳에는 갯풀이 꿋꿋했다. 둘의 오아시스는 전혀 엉뚱한 곳에서 의심스러운 모습으로 깍짓손을 맞이하고 있었다.

그 남자는 사천왕상을 하고 있었다. 내 멱살을 왁살스럽게 틀어쥐고 바람개비처럼 빙빙 돌렸다. 절벽의 튀어나온 바위에 사납게 던져버리고, 널브러진 나를 발로 무수히 걷어찼다. 난 신음소리 한 번 내지 못했다. 미라가 되어 작게 웅크렸다.

둘은 화들짝 놀랐고 그제서야 '좀비 깍짓손' 바이러스에서 벗어났다.

좀비가 되면 영혼이 뽑혀지고, 바이러스의 명령에 따라 움직이고 행동한다. 자신의 이성과 삶의 가치를 잃게 된다. 꿈과 희망이 변질된다. 좀비는 생물적인 본능과 반사행동에 의해 움직인다.

정원을 반도 채우지 못하고 운영하는 좀비대학, 정부나 채권단의 도움으로 긴신히 파산을 면한 실적 없는 좀비기업, 모두에게 평등한 법을 내세우며 자신은 헌법을 완전히 무시하는 좀비의원. 이성적으로 설명이 되지 않는다. 아들이 아버지를, 부인이 남편을, 남편은 부인과 자식을, 설명이 되지 않는 방법으로 서로를 죽인다. 이들이 좀비다.

빌딩 크기의 책, 그 책 속에는 글자 한 획이 3m가 넘는다. 이 글자에서 저 글자로 이동하는 것은 고난의 행군이다. 한 자 한 자 알아가는 것은 마치 오체투지로 성스러운 곳을 묵묵히 오르듯 힘겹다. 글자와 글자 사이에 해먹을 걸어놓고 흔들거리기도 한다. 그 속에서 진리를 찾아낸다는 것은 빙벽을 마주하는 것과 같이 막막하기도 하다. 그렇다 해도 책 속에서 책이 말하는 명령에 따라 움직이는 좀비가 되기도 한다.

'클럽 흠鑫'을 만들었다. 한자에서 보듯 '金'이 세 개 포개 놓여져 있다. '골드 바'가 세 개다. 한 개라도 그 가치는 만만치 않다. 보이는 것은 세 개지만 더 많은 '골드 바'를 쌓아놓겠다는 의미로 해석되기도 한다. 쌓을수록 더 좋다는 뜻이 되기도 한다. 누군가 '그 시대'는 지나갔고, 한물간 모임이라며 궁시렁대기도 했다. 이 '클럽 흠'에서 추구하는 것은 더 많은 경제력을 쌓아, 이를 바탕으로 한반도와 세계의 문화 창출에 한몫하는 것이다. 나아가 세계를 지배하는 것이다.

말이 되냐구? 되지! 좀비들이니까.

허벅지에 이름을 쓰다

허벅지에 이름을 쓴다.

감나무 잎이 무성한 그늘에는 밀짚방석이 깔려 있다. 숙제로 받은 그림을 그리다 말고 잠방이를 걷어올리고 검은색 크레파스로 허벅지에 이름을 쓴다. '김후곤'과 그 옆에 '춘수'라고. '춘수'는 아명이다.

지나가던 당숙이 한 마디 던졌다.

"널 인저버릴까봐 흐벅지에 이름을 쓰냐? 널 인저버리면 그걸

보고 찾으라구? '춘수'도 썼구먼. 그려, 오래오래 살아야 혀~."

초등학교 4학년 때이다.

달리기가 반에서 제일 빠르고, 이름의 '곤' 자를 합쳐 별명을 만들어 불렀다. '곤두벌레', 몸 뒤집기가 재빠르고 항상 꼼지락거리는 모기의 유충인 장구벌레를 우리 동네에서는 곤두벌레라 했다.

이름표를 붙였다.

중학교에 올라가서는 왼쪽 가슴 위에 이름표를 붙였다. 교복에 꿰맸다. 언제든지 이름표가 있어야 했다. 익명성에서 벗어나 나의 존재감을 지나다니는 사람에게 드러내는 시기였다. 내가 누구인지 숨길 수 없었다.

고등학교, 학교 갈 때 지름길의 일부가 밤이면 붉은 등으로 물드는 골목을 짧은 거리지만 지나게 된다. 이 등굣길로 인해, '厚' 자를 '後' 자로 짓궂게 해석한 친구에 의해 별명이 만들어지고 불렸다. 토요일이나 일요일에는 어김없이 2~3편의 영화를 즐겨보아 모범적인 학생의 태도에서 벗어난 생활 탓에 더 적절하다 했

다. '뒷골목'

　시상식 사회자가 말한다.

　"다음은 김후끈 씨 차례입니다. 김후끈 씨 시상대로 나와주십
시오."

　시상 날짜, 시간, 장소, 주의 사항은 공문으로 미리 안내되었
다. 십여 명의 수상 해당자와 그들을 축하해 주기 위한 동료들이
함께 참여한 시상식이다. 아무도 나가지 않는다.

　공적조서를 자필로 작성하던 시절이었다. 주최측에서는 공적
조서를 받아보고 '김후곤'을 '김후끈'으로 오기한 것이 틀림없었
다.

　사회자가 한 마디 덧붙인다.

　"△△에서 근무하시는 김후끈 씨 안 오셨습니까?"

　△△는 내가 근무하는 곳이다. 나는 슬며시 일어나서 시상대로
올라간다. 올라가면서 재빠르게 사회자에게 말했다. '김후끈'이
아니고 '김후곤'이라고.

　순간 당황한 사회자는 시상식이 끝난 후 수상대장을 정정하고,

표창장도 정정해서 △△로 보내주겠다며 역시 재빠르고 단호하게 말한다.

"시상식 진행상 그냥 수상하시기를 바랍니다."

식장 중앙에 올라가 표창장을 받는다. '김후끈'의 이름으로.

이후로 내 직장에서는 부탁할 일이 있거나, 일을 시킬 때는 '후끈 씨!'라고 불렀다.

"후끈후끈한 선배님! 오늘 화끈하게 한 잔 쏘시죠."

라고 어떤 후배는 붉게 유혹하기도 했다.

빈티지에 자주 간다. 옷값이 싸서다. 그곳에서 코트를 골랐다. 사이즈가 딱 맞고 색상도 마음에 든다. 검은색이나 언뜻언뜻 감청의 색감이 느껴진다. 첫 단추가 헐렁하다. 이는 수선집에 가면 된다. 매끄러운 안감에 검은 얼룩이 보인다. 이는 세탁소에 보내면 될 것이다.

옷은 그 사람의 하는 일은 물론, 됨됨이까지도 가늠할 수 있다 잖은가. 그럼 난 빈티지인가.

요즘에도 나는 빈티지에서 구입한 코트를 즐겨 입는다.

코트 안쪽의 주머니에 핸드폰을 넣기 위해 코트를 왼쪽으로 여는데 안감에 검은 얼룩이 보인다. '어, 세탁했는데도 안 지워졌네!'

얼룩이 아니었다. 희미하게 바래진 검은색의 글자가 보인다. 읽혀진다. '藤野勝司'다. '도우노가쯔지?' 일본인의 이름이라 생각된다. 나는 누군지 모르는 사람이 입던 옷을 겨울이면 좋아라 자주 입는다.

왼쪽 가슴 안쪽에 씌어져 있는 '藤野勝司'는 분명 내가 아니다.

내 이름을 불러주는 직장은 없다.

시간의 흐름에 따라 함께한 사람들은 내 이름을 서서히 잊을 것이다. 나 또한 그들이 오래오래 기억해 주기를 기대하지 않는다. 가끔 내 이름을 스스로 불러본다.

100살까지 산다는 시대, 앞으로의 나를 찾아보고자 이곳저곳을 기웃거린다.

책을 접하는 기회는 훨씬 많아졌다. 영어공부도 시작했다. 옥편을 뒤적거리며 한시도 해석해 본다. 영화구경은 심심찮다. 친구 따라 산에도 올라간다.

생소한 문학교실에서 써보는 시는 초등생 수준일 터이다. 자유롭고 연필 가는 대로 쓰는 것이 수필이라더니 전혀 그렇지 않다.

허벅지에 어떤 이름이 쓰여질까.

나를 따라 해봐요

한낮에도 쌀쌀합니다. 이른 새벽은 더 춥습니다. 사람들은 몸을 조금씩 웅크리고 종종거리며 일터로 나갑니다.

얼음이 풀린 흙을 뚫고 나오는 싹들은 파리합니다. 파리하지만 찬 기운에 맞서는 모습에는 꿋꿋함이 드러납니다. 초록 기운이 감싸인 나뭇가지 끝에 꽃망울이 보입니다. 순식간입니다. 꽃을 터뜨립니다. 흰색으로 매화가 찬바람에 흔들리며 봄을 불러옵니다. 상록수는 본래의 푸르름을 더합니다. 양지바른 곳에서는 새

싹들이 움지럭거려 흙이 꿈틀댑니다. 여린 싹들은 자라느라 분주합니다. 산수유의 노랑으로 이어집니다. 진달래 산벚나무 조팝나무가 함성처럼 꽃을 피워댑니다. 꽃들은 화사하고 아찔하도록 화려합니다.

아저씨가 내 앞에서 혼자 중얼거립니다.

"꾸불텅하고 비쩍 마른 게, 꼭 너는 미라야."

매화꽃이 지고 산수유가 노랗게 필 때입니다. 여전히 검은색으로 겨울을 나듯 얼어붙은 깐깐한 내 모습을 보고 한 말입니다.

아저씨가 내 줄기와 가지를 들여다봅니다. 무엇인가 미심쩍었는지 줄기의 껍질을 벗겨내듯이 손톱으로 갉작거립니다. 가지를 사알짝 휘어 활시위처럼 튕겨보기도 합니다. 고개를 갸우뚱합니다.

"넌 게을러. 너무 게을러!"

이제는 진달래 산벚나무 조팝나무까지 활짝 폈던 꽃을 떨어뜨리고 있습니다. 나는 여전히 연둣빛조차 품지 않고 있습니다. 아저씨 말처럼 나는 게으른 미라입니다.

그래요, 나 대추나무입니다.

내가 '빗자루병'에 걸린 적이 있어요. 병든 가지는 꽃을 피우지 못하고 2년 안에 몸 전체로 퍼지면서 서서히 말라죽게 되는 병이지요. 암이에요. 내 병을 일찍이 알아본 아저씨가 제복 입은 사람에게 말하더군요.

"잎들이 빗자루모양으로 자라는 저 가지, 얼른 잘라줘야 해요."

아저씨가 내 몸을 수술한 것이지요. 그 후로 7년이 지났지만 병은 재발되지 않았고 가지가 휘어지도록 주렁주렁 열매를 맺고 있답니다.

올봄 이른 아침, 모자도 쓰지 않은 아저씨가 이슬비를 맞으며, 나를 물끄러미 바라보고 만져보더니 우듬지 너머 회색하늘을 쳐다봅니다. '내 나이가 어때서~ 글쓰기에 딱 좋은 나인데!' 흥얼거리대요. 잠시 움직임을 멈추더니 고개를 절레절레 흔들며 중얼거리네요.

"이름 있는 작가들도 이 나이가 되면 글쓰기 힘들어 한다는데…. 이제야 글쓰기를 시작한다고? 야, 정신 차려!"

나와 눈을 맞춘 아저씨에게도 그동안 변화가 있었어요. 서류

가방을 들고 다녀요. 글쓰기 공부를 한다네요. 글쓰기도 공부하나요? 자꾸 써보는 것이 좋은 글을 쓰는 방법인 줄 알고 있는데요. 글쓰기 공부를 해요? 아저씨, 어느 때는 내 온 가지에 꽃이 가득 핀 것처럼 환한 얼굴이었어요. 겨울철 검은 내 줄기처럼 굳은 얼굴로 멈칫거리며 가방에 끌려가기도 하구요. 글쓰기가 생각보다 만만치 않은 모양이에요. 한 마디 덧붙이네요.

"좋은 글, 몇 편 쓸 것 같아?"

아카시나무가 주렁주렁 꽃을 늘어뜨리고 이팝나무에는 쌀 같은 꽃이 하얗습니다. 나는 이제 작고 연한 싹을 틔웁니다. 싹은 하나의 줄기가 되어 쑥쑥 뻗어나갑니다. 모든 줄기는 하늘을 향합니다. 하늘로 가지가 솟는 모양입니다. 이때부터 세상은 내 것이랍니다. 뻗어가는 가지에서 또 다른 순이 돋고 그 순에서 꽃을 피웁니다. 일단 꽃을 피우면 열매를 맺은 뒤에야 꽃이 떨어져 헛꽃이 없습니다. 꽃이 피는 순서대로 열매도 그렇게 맺는답니다.

가방을 들고 다니는 아저씨의 '게으르다'는 타박에 나는 주눅 들지 않습니다. 꽃을 피우고 열매를 맺기 위해 가을 겨울을 나며

충분히 준비했기에 그렇습니다. 좀 늦으면 어떻습니까? 조금은 무디고, 그래서 싹과 잎을 제일 늦게 틔우지만 꽃은 세 번씩 피우고 그 꽃 모두가 열매가 된답니다.

나에게 겨울은 열매를 맺기 위해 추위를 견디며 준비하는 때입니다. 아저씨에게 추위를 견디며 준비하는 겨울은 무엇일까요?

모든 일에는 제때가 있답니다.

무너진 까치집

　털커덕거리는 느낌을 주는 특수차량의 엔진 소리, 전기톱의 '부
우우웅 뿅, 부붕뿅'대는 경쾌한 소리, 사람들의 외침이 뒤섞인 소
음이 내 귀에 꽉 찬다. 나는 깜짝 놀라 자리에서 튀어 올라 평상복
으로 갈아입는다. 전정 작업은 벌써 한창이었다. 고가사다리차가
있고, 가까이에 멀찍이에 너댓 명의 사람들이 얼굴을 하늘로 젖히
고 있었다. 은행나무와 당단풍나무가 일정한 높이 위로 댕강 잘려
나갔고, 너른 품으로 자란 옆 가지들은 어깨에서 잘려나갔다. 3층

높이보다 더 자란 나무의 줄기를 잘라내고 있었다. 잘린 나무줄기와 가지가 그 밑에 수북했다. 인부를 태운 고가사다리차는 사다리를 접었다 폈다 하면서 옆으로 움직인다. 이제 잣나무와 잎깔나무 차례다. 나는 나무 아래로 쑥 들어간다. 되돌아선다. 관리소장과 작업반장 정도 되는 사람, 또 다른 사람들 앞에 내가 마주 선 꼴이다.

"이 나무, 자르면 안 돼!"

"왜요?"

"저 까치집! 보이죠?"

까치집은 4층보다 더 높게 자란 잎깔나무에 단단히 얹혀있다. 까치집은 4층과 마주보는 높이에 있어 잘려나갈 것이 틀림없다. 일꾼들, 소장과 나는 몇 마디의 대화를 주고받았다. 나는 까치가 집을 지은 과정을, '까치집의 상서로움'을 조금 얘기했다. '상서로움'은 주민의 것이며 우리 아파트 것이라고. 나 자신이 기대하는 '상서로움'은 슬쩍 빼놓고.

베란다 창을 밀고 고개를 살짝 들어 눈에 들어오는 까치집을 바라본다. 한 쌍의 까치가 까까까거리며 아침부터 바쁜 모습이 경쾌하다. 까치 소리를 들으면서 반가운 손님이 올 거라는 생각이 터무니없다 하면서도 기분이 좋다.

까치 한 쌍이 보이지 않은 것은 4월 초순이었다. 나는 얼른 잎갈나무 밑으로 갔다. 까치집을 올려다보았다. 그랬다! 까치집은 무너지고 있었다. 까치가 살지 않는 집이었다. 촘촘해서 별 한 틈 보이지 않던 까치집의 구조물에 별이 듬성듬성 보였다. 나무 밑에는 느슨해진 까치집에서 떨어진 나뭇가지 조각들이 여기저기 떨어져 있었다. 삭아가고 있었다.

아침마다 경쾌한 소리로 지저대 내 '상서로움'의 기대를 키우던 까치들은 어디로 간 것일까. 까치에게 좋지 않은 일이 생겼나. 잎갈나무의 거센 줄기가 까치집의 모양을 바꾸어버렸나. 먹이와 생활방식이 다르다고 서로 헤어졌을까.

그 까치집은 한 쌍의 까치가 염원했던 알을 낳고 새끼를 키워보지 못하고 언뜻 부서졌다. 창공을 비상하는 새끼를 볼 수 없었다.

부딪치는 술잔은 쟁강거리고 목넘김은 부드럽다. 직수굿한 시선으로 술잔을 주고받던 친구. 함께 한 여행에서 입을 거침없이 벌려 목젖을 보여주던 친구. 둘은 아내와 자식을 자랑하고 형제간의 다툼에 핏대를 올리기도 했다. 자신의 말을 먼저 들어달라고 서로에게 삿대질하던 친구. 그가 갔다. 가는 데 한 달도 걸리지 않았다. 오래 함께 하자던 말들은 무너지고 기억으로만 남았다.

무엇을 재려는가

자벌레가 기어간다.

뒷다리를 떼어 머리 부분에 있는 앞다리에 오그려 붙인다. 몸으로 고리를 만들어 놓은 모양이다. 이어 뒷다리에 힘을 고정시키고 윗몸을 번쩍 들어 앞으로 쭈욱 뻗쳐 딛는다. 이렇게 기어가는 모습은 마치 자(尺)로 한 자 두 자 새는 모습과 아주 흡사하다. 한 뼘 두 뼘과 같이 뼘으로 길이를 잴 때의 손놀림과도 닮았다. 기어가는 움직임에서 '자벌레'란 이름을 얻었을 것으로 짐작된다.

짚방석이 깔려 있는 그늘 짙은 감나무 밑에는 시원한 바람이 불고 있었다. 그곳에서 두 아이가 엎드린 채 산수 숙제를 하고 있었다. 숙제 내용은 '몇 뼘이 되는지 알아보자'였다. 친구가 내 등에 기어가고 있는 자벌레를 보았다.

"니 등에 자벌레 있어. 니 죽을 모양이여!"

"어, 어디? 얼릉 떼어!"

어렸을 때 동네에서는, 자벌레가 몸 위를 기어가면서 그 사람의 치수를 잰다 했다. 죽으면 들어갈 관의 치수를 뜻했다. 자벌레는 그 사람이 가까운 시일 안에 죽게 될 것을 미리 알고 있다는 영험한 벌레였다. 자벌레는 눈금 없는 자(尺)였다.

'더 헌터.'

"선생님 고추를 보았어요. …앞으로 향해 선…."

유치원 여자 아이가 원장에게 한 말이다.

선생님은 유치원에 썩 잘 어울리는 남자 교사다. 이 교사는 친구들과도 동네 사람들과도 이런 말을 한 여자 아이와도 정신감응이 잘 이루어지는 사람이다. 이 여자 아이가 산책하기를 원하는 교사의 개까지도. 교사의 아버지 대부터 살아온 작은 마을이어서 더 정이 가고 친밀감이 깊다.

자신의 선물을 받지 않는 선생님 때문에 이 여자 아이의 마음이 심란하다. '선생님 고추' 이야기는 귀엽기까지 한 이 아이가 꾸며 낸 거짓말이었다.

원장은 사려 깊은 사람이다. 교직원회의를 열고, 경찰서에 신고한다. 조사가 진행되고 교사는 여자 아이의 성 추행범으로 인식되기 시작한다. 어렸을 때부터의 친구들은 외면하고 어울려 주지 않는다. 슈퍼마켓에서는 출입을 못하게 한다. 혼자 사는 삶에 희망을 주던, 막 사귀기 시작한 여자 친구도 떠난다.

중간 중간 여자 아이는 기억이 나지 않는다, 잘 모른다고 중얼거리지만, 어른들은 이 아이의 정신적인 충격일 따름이라고 해석한다. 교사는 모든 곳에서 철저하게 배척당한다. 파멸이다.

이 영화는 '어린이는 거짓말을 하지 않는다'라는 편견이 주제다. 이 편견도 눈금 없는 자(尺)와 같다.

떡값, '8년 전이라 공적 사안이 아니다'라는 측과 '암 부위가 아닌 정상적인 부위를 수술한 경우다'라고 의원직을 상실한 사람은 주장했다.

'시끄럽다. 머리꼭지가 돌겠다.'라고 떠들던 사람은 '왜 밑에 사냐.'라고 말한 2층 사람을 늘 가지고 다니던 칼로 살해했다.

상대가 자신의 차를 추월했다. 기분이 나빠진 차가 상대 차를 앞질러 가로막고 정차했다. 상대 차의 운전자가 나와 기분이 나빠진 차의 운전석 창문을 잡고 시비가 붙는다. 차가 폭발하듯 발진하고 상대 차의 운전자는 매달려 이끌려 가다가 두 다리를 잃었다. 음주운전 측정 중인 경찰을 매달고 50m를 달린 음주운전자도 있다잖은가.

자기가 사용하는 잣대만을 주장하는 잣대 싸움이다.

'나'라는 잣대 속에는 측정된 타인의 측정치가 가득하다. 그러고서도 또 꼬리를 바짝 당겨 붙여 Ω 모양의 고리를 만들어 놓고 있다.

우쭐대는 글

책을 읽다 새로 접하게 되는 지식을 공책에 적는다. 백과사전을 뒤지기도 하고 옥편과 사전을 뒤적거린다. 한때는 옥편과 영어사전 국어사전을 책상 주위에 부챗살처럼 펼쳐놓고 책을 읽기도 했다. 좋은 문장을 적어놓은 공책도 여러 권 된다. 책을 읽다가 떠오르는 이미지, 그 이미지에 맞는 나 자신의 글을 써보겠다는 생각으로 그 아이디어를 책상 옆 메모판에 써 붙여놓기도 한다.

단편소설집에 집중한다. 장편도 두루 읽는다. 요즈음에는 인문

서적에서 재미를 찾는다. 매일 책을 대한다.

"인상 깊게 읽은 책은 뭐에요?"

후배 여자가 묻는다. 난 선뜻 답을 못하고 음음거린다. 후배가 말을 이어간다. 무슨 형제, 어디의 언덕, 어떤 사랑하다, 태양은 내일 떠오른다며 흥분하는 것 같다. 이 후배가 들먹인 책은 세계 명작의 제목을 죽 훑으며 읽는 것 같다. 처음에는 호기심이 인다. 어떻게 책 제목과 그 내용을 잘도 알지? 하는 심정이 든다. 내 특기가 나온다. 상대방의 말이 길어지면 심드렁해지는 태도다. 겉으로는 머리를 주억거리나 마음속에서는 이 심드렁이가 슬그머니 일어선다. 후배의 계속되는 책 이야기는 꽂아놓은 전집의 제목을 다 훑고 이제 영화이야기로 넘어가고 있다.

"하루에 세 편 정도는 기본으로 때린다고 봐야 해요."

심드렁한 내 마음 깊숙한 곳에서 의심의 빛이 부싯돌 부딪치듯 틱틱거린다. 그 불빛은 무엇인가. 그 실체를 더 들여다보다 나는 흠칫한다.

남아수독오거서, 일 년에 몇 권하며 나는 읽은 책의 권 수에 집착하고 있는 것은 아닌지 하는 의구심의 흠칫이다. 검은 구름이 밀려오는 듯한 의구심을 가슴에 안고, 그 날의 모임을 끝냈다.

그 의구심의 정체가 조금씩 구체화된다. '그렇군!' 책을 자주 읽는다는 것을, 다독하고 있음을 드러내고 있는 내 마음의 실체를 보게 된다. 많은 권수의 책을 읽었다는 것을 자랑하고 싶어하는 잘못된 생각이었다. 독서량을 더 늘리기 위해 한 번 읽은 책을 다시 읽어보지 않는다. 누구는 책상에서 화장실에서 손닿는 곳에 놓아두고 읽고 읽어서 그 책이 너덜너덜하다는데. 이는 독서량을 말하는 것이 아니라 내용을 중시하라는 뜻이다. 나는 독서의 양에 치중하고 있었다.

술자리, 내 흡연 습관을 보며 친구들은 흡연을 함으로써 일어나는 건강과 장수와 주위 사람에게 끼치는 영향을 주절댄다. 흡연의 나쁜 점을 자세히 설명하기도 하고 틀림없이 일찍 죽을 거라는 협박성 발언도 서슴지 않는다. 그즈음 나는 꽁트식 '담배 피우는 남자'라는 글의 초고를 막 끝내고 있었다. 툭 튀어나온 말로 '담배에 대한 글이 있는데 한 번 읽어보자'라며 e-메일을 확인했다. e-메일로 돌아온 합평이다.

"야, 수고했다. 계속 써!"

"좀 더 노력해. 신문에 실을 수 있겠어."

한 줄로 쓰인 합평이었다. 그나마 둘의 e-메일은 침묵을 지키고 있었다.

그런데 내 가슴에서는 모래알갱이가 손가락 사이로 빠져나가는 듯한 소리가 났다. 내용과 구성이 좋다, 뛰어나다 또는 재미와 인간미를 느끼게 하는 글이라는 칭찬의 댓글을 기대했었다. 이제 가슴에는 찬바람이 휘이익 휙 불고 있었다. 찬바람이 불고 있는 가슴 깊숙한 곳에서 미심쩍은 빛이 부싯돌 부딪치듯 틱틱거린다. 그 불빛은 무엇인가. 서서히 드러나는 그 실체를 들여다보다 나는 흠칫한다. 수십 년 간의 교우관계를 유지하고 있는 이 친구들에게 재미와 감동을 주지 못하고 있으며 어떤 영향도 주지 못하는 글이구나 하는 불빛이 깜빡거리고 있었다.

닭싸움

닭들의 모임

서울, 근무했던 직원들 중에서 남자들만의 모임의 명칭이다.
여름과 겨울에 1박2일로 숙식을 함께 하면서 친목을 다졌다.

1부는 서로의 안부와 덕담이 함께하는 한두 시간의 산책이었
다. 걷는 속도는 느리다 빨라졌다 했고, 안부는 집안일에서 근황
으로 이어진다. 또 가꾸고 있는 삶의 실적, 빠지지 않는 메뉴인
건강지키기로 나아간다. 옆에 걷는 사람은 걸음의 속도에 따라

수시로 달랐다. 친목다지기 워밍업이었다.

2부 음식점

지역의 특색 있는 식재료로 만들어진 반찬은 입에 짝짝 들러붙었다. 맥주잔, 막걸리잔, 소주잔이 상 위에서 짝을 이루었고 주고받음이 길게 이어졌다. 덕담은 아직도 유효해서 방 안 가득 화락으로 왁자왁자하였다.

음식점 남자 주인은 방 안 가득 찬 손님들의 북새통에도 기분 좋은 표정으로 손님들의 구두를 관리하고, 밖으로 나가 주차를 관리한다. 여자 주인은 소란스러움이 지나쳐 다른 손님에게 불편함을 주는 것은 아닌가, 이맛살을 살짝 구기고 식당 이곳저곳을 둘러본다. 세 시간 정도의 난리법석이다.

3부 숙소

삼삼오오 짝을 지어 가장 관심 있는 종목에 끼어 앉는다. 다섯 명으로 이루어진 고스톱은 두 팀이 된다. 작은 상아벽돌을 쌓다 허물었다 하는 마작은 네 명이 한 팀이다. 나머지 대여섯은 더

마셔 고주망태가 되고 싶어 하는 주당파다. 간이식당에서 주문해 온 안주로는 회도 좋고 족발도 괜찮다.

화투짝을 머리 위에서 한번 휘둘러 신나게 내려치는 화투짝끼리 달라붙는 소리가 경쾌하다. 낮은 목소리로 웅얼거리며 낄낄대는 웃음소리, 마작 패를 섞는 소리가 달그락거린다. 이다 아니다가 분명해지는 논리의 목소리가 점점 커지며 '한 잔 돌려' '그 이야기 아까 했잖아' '안주 좀 흘리지 마라'와 함께 폭소가 일어나고 혀가 꼬부라지는 곳은 주당파들이 있는 주방의 식탁이다.

천장 위에서 내려다보면 이들은 한결같이 머리를 가운데로 맞대는 형국일 거다. 두 시간 정도가 지나면서 닭들의 친목은 무르익다 못해 농익는다. 익은 정도가 지나쳐 부패 단계로 들어간다.

고스톱 치는 사람들은 항상 시끄럽다. 스톱 하고 점수를 계산하는 사람이 이긴다. 이때부터 구성원 각자는 한 마디씩 사족을 단다.

"왜 스톱한 거야? 고 해도 충분한데."

"똥피를 왜 안 내놓는 거야. 싸리껍데기 내놓으니 점수가 더 많아졌지."

"그런 소리 하지도 마. 똥피가 쎄? 싸리가 쎄?"

주당파에서 지쳐 떨어져 나와 뒤에서 구경하던 객꾼까지 소곤 댄다.

"스톱하길 잘 했지. 저 쪽에서 고도리가 나게 돼 있어."

패가 다시 돌리어지고 일곱 장의 화투가 부챗살처럼 손 안에서 좍 펼쳐지면 다시 조용하고 숙연해진다.

마작판에서는 상아 조각이 부딪쳐 잘그락거리고 가끔은 텅 하며 마작상이 울린다. 물속같이 조용할 뿐이다.

닭싸움

수컷 두 마리가 링 위에서 마주한다. 꾸국 소리를 삼킨다. 잠시 주춤거리며 째려본다. 발목 뒤에 고정된 날카로운 쇠붙이가 빛난다. 눈 깜짝할 사이에 링을 박차고 솟구쳐 부리로 발톱으로 쇠붙이로 상대방에게 치명타를 날린다. 서로 부딪치는 소리가 둔탁하면서 경쾌하기까지 하다. 뒤로 주춤거리며 물러난다. 한 번 더 폭발적으로 박차고 공중에 솟구친다. 순식간에 몇 합을 주고받는다. 부리에 쪼여도 발톱에 찢기어도 빛나는 쇠붙이에 가슴이 긁히

어도 신음조차 물지 않는다. 물러설 기색이 없다.

주당파

퍽, 맥주병이 날아가 벽에 부딪치는 소리다. 잔은 바닥에서 박살난다. 안주 접시는 내장이 터져 사방으로 흩뿌려진다. 두 사람이 의자를 밀치고 공중으로 솟구친다. 수탉이 되어 몇 합을 주고받는다.

상대방을 제압하기 위한 기합, 어처구니없이 일방적으로 당하는 신음, 몸과 마음을 추스르고 반격하고자 하는 신음이 한꺼번에 들린다.

"더러운 놈인 줄 진작 알았어야…. 야, 이 새끼!"

"어쭈, 죽여버릴 거야. 오늘!"

공중에 솟구친 두 사람의 소리다.

"어, 어…."

왼손에 가지런히 들려 있는 화투, 내려치려고 어깨 뒤에 들린 화투, 피를 다섯 장씩 가지런히 다독거리는 손이 정지된다. 모처럼 좋은 패를 가진 마작을 두 손으로 살풋이 엎어놓는다. 마작 낱개를 떼 오려던 손도 정지한다. 고개만 돌려 소란스런 곳을 바라본다. 왜 그러는데. 의외의 상황에 충격이 오고 충격에 감전되어 입을 벌리고 멍하다.

보아뱀의 조이기

한번 잡은 먹이는 절대 놓지 않는다. 긴 몸으로 먹이를 칭칭 감아 더욱 힘을 가하고 압박한다. 뱀에게 감긴 먹이는 눈이 터지고 내장이 터진다.

둘이는 솟구침에서 가라앉아 방바닥에 뒹군다. 둘은 점점 한 치의 틈도 보이지 않게 밀착한다. 더욱 둔탁한 소리가 나고 신음소리는 짧고 강하다. 숙소가 신음으로 꽉 차 팽팽하게 부풀어 오른다. 엉켜 거세게 뒹구는 힘과 힘, 쿵쾅거리는 소리로 숙소가 비틀거린다.

암사자의 사냥

전속력으로 어린 누를 쫓는다. 가장 가까이 근접하자 암사자는 앞발로 어린 누의 뒷다리 쪽을 강타한다. 누는 핑그르르 돌면서 쓰러진다. 암사자는 화살처럼 쏘아져 어린 누의 명줄을 한 입 가득 물고 육중한 체구를 늘어뜨린다. 암사자와 누는 한 몸이 되어 헐떡거린다. 암사자는 누의 명줄을 꽉 물고 누의 숨은 점차 잦아든다. 조용하다.

둘은 이제 보아뱀의 자세를 풀고 서로의 명줄, 아니 머리카락을 양손에 한 움큼씩 거머쥐고 버팅긴다. 숨소리만 거칠다. 씩씩거린다.

"허어, 이 사람들 그만 하게나."

자식이 잘 산다고, 서울의 전철 타듯이 미국을 자주 드나드는 연장자의 목쉰 소리가 마작 속에서 들린다.

"에이, 씨발! 더러워서 못 있겠네. 서울 가!"

둘 중의 하나가 거칠게 등산화를 꿰 차고 탕 소리 나게 현관문을 닫고 사라진다.

"쑤아~ 샤아~"

또 다른 하나는 샤워실에 들어있다.

새벽 1시다.

닭은 왜 싸우는지 모른다.

이들이 왜 싸웠는지 우리들도 모른다.

주당파들의 술자리는 산산조각 난다. 고스톱은 조금은 조신해
져 뒷풀이가 조용조용하다. 마작판 방, 상아로 된 마작패가 달각
거리는 소리만 들린다.

3부의 막이 내린다. 마작이든 고스톱이든 술좌석에서든 우리는
가끔 아무 것도 아닌 것으로 닭싸움을 한다.

새벽이 가깝다.

셋

두려움이라니

9백 년 된 고성의 우물,

돌을 던지고 소리가 날 때까지 귀 기울인다.

들리지 않는 소리,

결국 포기하고 돌아서는데

어디선가 희미하게 풍덩하는 소리가 들려온다

—레이먼드 챈들러 ≪안녕 내 사랑≫에서

그리움으로 남다

부엌 앞문 쪽으로 토방이 있고 거기서 내려서면 안마당이다. 도투마리가 보인다. 엄마는 뱃불 옆에서 솔질로 삼베에 풀을 먹인다. 대문 오른쪽에 사랑방이고 왼쪽에는 헛간을 겸한 외양간이다. 사랑방에서는 문을 열어도 벽으로 막혀 있어 외양간이 보이지 않는다.

대문으로 나가 오른쪽으로 질러간 곳에서는 돼지가 꿀꿀거린다. 이 집 아이가 자라 높은 학교를 다닐 때 학비를 마련하는 데

도움을 주게 될 돼지다. 왼쪽으로 비스듬히 나간 곳에 뒷간 잿간이 함께 한다. 잿간 옆에는 우산만한 잎을 달고 있는 너댓 그루의 오동나무가 서로를 보듬고 있다. 마당 한 쪽에는 빈 하늘을 가로지르는 게으른 빨랫줄이 바지랑대에 기대어 느슨하다.

부엌에 들어선다. 왼쪽으로는 깊숙이 나무를 쟁여놓은 나뭇광이다. 이어 살강이다. 나뭇간과 살강은 흙벽으로 구분지어 있다. 살강 밑 한쪽에 아이들 키보다 큰 두멍이 배를 쑥 내밀고 있다. 옆에는 물지게가 비우듬하다. 부엌 바닥은 밖에서 묻혀 온 흙이 조금씩 더해지고 단단해져 우툴두툴하다. 볼록볼록 돋아난 흙돌기가 뚜렷해야 부자가 된다고 해서 일부러 깎아내지 않는다. 부엌 한가운데 천장에는 시렁이 매달려 있다. 어른 키로나 닿을 수 있는 높이다. 시렁에는 삶은 보리, 돼지고기 한 근, 고등어, 실치포가 계절에 따라 올려진다. 옹솥 옆 벽 까치발로 받친 작은 선반 위에 종구라기 오가리 양재기가 엎드려 있다.

부뚜막에 솥이 걸려있고 불을 지피는 아궁이는 부엌 바닥에서 한 단 밑으로 꺼져있다. 두셋이 넉넉히 폼 잡고 앉아서 불을 지필 수 있는 공간이다. 아궁이는 세 개다. 커다란 가마솥, 그보다 작은 밥솥, 국 끓이는 옹솥이 크기 순서대로 자리 잡았다. 옹솥과 밥솥 밑의 한 아궁이는 구들목이 시작되는 곳에서 길이 달라지고 가마솥은 한 아궁이에 구들목 여러 구멍을 독차지한다.

부엌의 따뜻함은 겨울이 제격이다.

아궁이의 재를 고무래로 긁어내어 삼태기에 담는다. 잿간에 모아둔다. 가마솥에 물을 한가득 붓고, 아궁이가 터져라 땔감을 우거넣어 화릉화릉 불을 지핀다. 새벽마다 아버지가 하는 일이다. 가마솥의 물이 설설 끓는다. 엄마는 이때를 용케도 알아차리고 어김없이 부엌으로 들어선다. 따뜻한 물로 엄마와 아버지는 겨울 아침을 연다. 엄마는 바쁘다. 밥을 안친다. 나뭇간에 묻어두었던 배추를 꺼내 숭덩숭덩, 돼지고기는 두툼두툼 썰어 옹솥에 안친다. 밑반찬을 조물락댄다. 아궁이마다 주황빛이다. 나무를 아궁이에 넣고 부지깽이로 아궁이 속의 불을 털어주면서 두 사람은 말 한마디 주고받지 않아도 자연스럽다. 밥솥에서 옹솥에서 가마솥에서 나오는 김으로 부엌은 부유스름해진다. 밥 냄새는 고소하고 배춧국 익어가는 냄새는 구수하다. 부엌은 냄새와 김으로 자욱하다.

삐익 대문 소리다. 누군가 들어오는 신호다. 안마당을 가로지르는 발자국 소리다.

"암것도 안 뵈는 디서 두 냥반이 뭐하구 있디야? 시방~"

그 발자국 소리는 부엌으로 들어간다. 아버지의 말이 울린다. 이어 광문을 여는 소리, 술독을 휘휘 젓는 소리, 주전자 뚜껑 여닫는 소리가 들린다. 부뚜막에 배춧국이 한 사발씩 놓여진다. 막걸리를 단숨에 넘기는 소리가 걸쭉하다. 배춧국을 후루룩 쩝쩝인다. 목청이 다듬어지고 목소리는 한결 부드러워진다.

"'사징개' 증 씨 마누래가 시상을 떴다는디, 안 가 볼 수두 읎구."

"생즌에 흔짓 생각허믄…. 한 둥네서 그러믄 쓰겄나."

부엌에서 들리는 소리가 낮게 울린다.

"한 잔 더 허여."

"아녀, 냉겨놔야 낼 아츰에 또 올 것 아닝개벼어?"

아버지와 엄마, 겨울 아침마다 두런거리던 동네 아저씨, 아궁이 셋의 부엌을 이젠 볼 수 없다.

'나뭇간 살강 두멍 바탱이 시렁 옹솥 가마솥 뒤란 장광'이라고
입술을 달싹거린다. 내 기억은 썰물이 되어 점점 비어지고, 그리
움은 밀물이 되어 출렁인다.

삽시도에서

삽시도 앞바다, 오후 4시경.

모래를 가득 실은 바지선이 느릿느릿 남쪽으로 내려간다. 이틀
에 한 번씩 삽시도 앞을 지난다. 항상 다니는 해로여서 항해사는
바지선의 운항에 능숙하다. 동력선이 끌고 뒤에 바지선이 달린
머구리 바지선이다. 바지선은 동력선보다 폭이 서너 배는 넓다.
바지선이 동력선보다 크다보니 속도는 더 느리다. 물때는 만조다.
목적지까지의 시간을 단축시키려는 순간의 생각으로 연안 가까이

로 바닷길을 잡는다. 파도는 높지 않다. 순항이다. 저 멀리 왼쪽으로 어선 한 척이 조업을 하고 있다. 작은 어선이다. 이 시간에 조업하는 어선은 드물다. 동력선의 폭과 바지선의 폭을 가늠하며 앞으로 나아간다. 경적을 한 번 울려주고 그대로 나아간다. 항해사는 커피 한 잔 마시며 유유하다. 이번엔 담배도 한 대 하고. 라이터를 켤 때 쿵 하는 소리가 은은하게 바지선 뒤쪽에서 들린다. 동력선과 바지선이 미미하게 흔들린다. 다른 각도에서 부딪쳐 온 파도 때문일 거라 짐작하며 항해사는 무심해진다.

주꾸미 철이다. 부부와 선원 한 명이 탄 작은 어선에서는 주꾸미를 거둬들이는 일이 한창이다. 부표를 갈고리 장대로 끌어당긴다. 부표 밑으로 곧게 늘어진 추를 올린다. 추와 추 사이를 옆으로 길게 쳐놓은 밧줄에는 중간중간 늘어뜨린 수백 개의 줄에 소라껍질이 매달려 있다. 그 속에 들어 있는 주꾸미를 건져 올린다. 지난 2월부터 시작한 주꾸미 집이는 5월말까지 이어진다.

남편과 선원은 밧줄을 당기고 딸려 나온 소라껍질 속에 들어있는 주꾸미를 빼내는 작업으로 바쁘다. 주꾸미를 빼낸 소라껍질이 밧줄에 똑바로 늘어지게 해 다시 바다로 넣는다. 남편과 선원은 말 한마디 없고 일련의 동작에서는 빈틈이 없다. 부인은 밧줄이 당겨지는 만큼 배를 이동해야 하는 키잡이에 조심한다. 왼쪽 멀리서 경적이 울린다. 남편과 선원은 힐끗한다. 늘 지나가는 바지선이다. 남편은 바지선이 고기잡이 조업장에 다른 날보다 가깝다는 생각을 잠깐 한다. 줄줄이 올라오는 주꾸미, 밧줄이 서로 엉클어지지 않게 바닷속에 다시 넣어야 하는 작업에 남편과 선원은 집중한다. 겹쳐진 소라껍질을 왼손으로 툭 쳐서 풀려나가게 하는 순간, 강한 충격과 함께 배가 찢어지는 소리를 낸다. 남편이 어선 밖으로 튕겨 날아간다.

나는 맥주 두 캔을 산다. 가게 앞에 놓여진 평상에 앉는다. 남자는 캔 꼭지를 뜯어내며 어제의 바다 조난사고를 혼잣말로 웅얼거린다.

작은 어선은 침몰했다. 구조대원들이 어제 낮과 오늘 해가 뜨면서 수색을 했다. 부인은 조타실 귀퉁이에 쪼그려 앉은 자세로 발견됐다. 침몰해역에서 4km 떨어진 곳에서 익사체의 선원을 인양

했고, 남편은 시신조차 찾지 못했다. 부부의 자식 둘은 초등학교에 다니는 데 하면서 말을 더듬는다.

난 듣기만 한다. 삽시도 앞바다에는 해안경비정의 엔진 소리가 간간이 들리다 사라지곤 한다. 파도는 조심스럽게 찰싹거린다. 조용하다. 햇볕은 따스하고 무심하다.

상춘의 계절이었다.

니가 선생해라

"현아, 네가 침대에서 자라. 응?"

"왜? 바닥에서 자는 것이 더 좋은데…."

잠자리가 바뀌어지면서 현과 빈은 침대가 아닌 방바닥에서 자
고 싶어했다.

"빈 잠버릇 알잖아. 떨어질까봐 그래."

엄마의 설명에 1학년 갓 들어간 현이는 눈을 데굴데굴 굴리더니
고개를 끄덕였다.

"좋아요. 침대에서 혼자 자는 거네요."

난 곁에서 둘의 대화를 들으며 현의 결정하는 태도를 의아하게 생각했다. 설명을 듣고 이해하고 나서 엄마가 바라는 것을 선뜻 경쾌하게 받아들이는 태도가 의외여서였다.

현이는 쪼르르 작은 방으로 달려가 침대 위로 온몸을 던진다.

"넓고 푹신한데! 구우웃!"

현과 엄마의 대화에는 윽박지름이 없었고 강요가 없었다. 대화하는 모습이 신선했다. 아이 둘을 키우던 나 자신의 모습이 순간 지나갔다. 모든 게 내 편의위주였음이 틀림없었다.

주방 옆 베란다에 작은 의자가 있다. 내 흡연장소다. 애 둘이 방학이 되어 아파트에 와서 며칠 보낸다. 난 당연히 밖으로 나가 사람들 왕래가 뜸한 곳을 찾아 뻑뻑 담배를 빨곤 한다. 애 둘이 낮잠을 잔다. 책상 앞에 앉아있음이 무료해진다. 밖으로 나가려다 조금은 귀찮다싶은 생각이 든다. 살금살금 베란다로 나가 담배를 피워 문다. 살짝 닫힌 문도 확인하고. 입 안 가득 연기가 들어온다. 조심스럽게 뿜은 연기는 방충망을 빠르게 빠져나간다.

누군가 내 엉덩이를 툭툭 친다. 돌아보니 잠자고 있어야 할 현이다. 난 오른손가락에 담배가 끼워져 있다는 사실을 현이를 확인하고 나서야 알게 된다. 겸연쩍다. 내 애들에게는 간접흡연도 안 돼라는 이기심을 스스로 확인한 겸연쩍음이다. 순간 현이도 내 표정을 살핀 것 같다. 손가락에 끼워져 있는 담배도 보고.

현의 눈이 순식간에 커진다. 입은 동그랗게 소리 없이 벌어진다. '아~!' 현이는 검지를 입술 한가운데에 대더니 '쉬잇!' 하는 모습이다. 살금살금 뒷걸음질해서 거실로 들어간다.

"애들 앞에서 담배! 안 되잖아요!"

소리가 들려야 하는데 조용하다. 나는 천천히, 될 수 있는 대로 조심스럽게 거실로 들어간다. 현이는 거실에 꾸불꾸불 놓여 있는 기차놀이 레고를 만지작거리고 있다. 나를 보더니 씨익 한 번 웃고 만다.

그렇군, 네가 어른이다.

빈이는 실내에서 이제 공을 겨우 던지는 흉내만 낸다. 두 살이니까. 내 검지를 꼬옥 잡아 이끌며 '여기' '저기' '물' 외마디 소리를 지르면서도 내가 맞장구쳐 주면 환한 표정이 된다.

빈이 나를 잡고 이끈다. 현관이다. 슬리퍼를 가리키며 '밖! 밖!' 외마디로 나를 바라본다. 밖으로 나간다. 두 개의 물렁한 공을 던지고, 굴려주면 잡으려다 놓치기 일쑤다. 빈 엄마가 빙글빙글 웃으며 나타난다.

"아빠, 손자하고 노는 모습이 보기 좋아요."

"웬 바지! 애들은 팬티 바람으로 노는 것도 좋아, 특히 이런 더위엔."

"현이 나한테 와서 일렀어."

"뭘?"

"빈이 팬티만 입고 밖에 나갔다고."

"그게 어때서."

"학교에서 그러면 안 된다고 했대. 얼른 바지를 입히래."

난 순간 어리둥절해졌다.

현과 빈은 일 년에 두 번 분당에 온다. 키는 훌쩍 자라고 말투에는 짜임새가 있어진다. 사용하는 용이를 들으면 나만의 기적을 만난 듯 머릿속이 환해진다.

선풍기를 켜라고 하면 '에너지는 아껴야 해요'라고 말한다.

'물을 낭비하면 안 돼요. 아프리카 애들이 불쌍해요' '주황색은 기다리라는 뜻이에요'라고도 한다.

나에게 잊혀가는 말과 생각을 현이는 이제 기억하고 바른 행동으로 옮기려 한다. 그러면서 자란다.

그래, 니가 선생해라!

장마의 한가운데에서

책을 읽다가 눈이 침침해져 탄천으로 나갔다.

장마 중 햇볕이 잠깐 쨍쨍하다. 탄천을 따라 자라는 억새와 갈대는 위로 힘차게 뻗어 올라가고 짙푸름으로 컴컴하다. 우거진 풀에 둘러싸여 그늘 진 좁장한 콘크리트 계단에 갈색 무늬의 물뱀이 또아리를 틀어 해바라기를 한다.

키 큰 버즘나무들이 우뚝한 쪽에서 매미소리가 들린다. 매미소리에서 본격적인 여름이군, 하자 등에 땀방울이 맺힌다. 올해 처음 듣는 매미소리는 지난해보다 열흘쯤 늦다. 작년에 울던 매미는 가을이 되어 죽었을 테고 올해는 다른 매미가 운다. 매미들은 어디에서 죽고 어느 곳에서 태어나는지, 그 흔적을 보여주지 않지만 소리는 작년과 같다.

쌍둥이 유모차를 미는 젊은 여인의 머리 위에 햇빛이 쏟아지고, 반짝거림을 온몸으로 되쏘아 눈이 부신다. 생활하수가 흘러나오는 곳에는 잉어들이 모여 꿈틀꿈틀 움직인다. 유연하고 한가롭다. 내가 가까이 다가가자 잉어들은 우르르 몰려든다. 먹이를 던져주겠지, 기대하면서 모이지만 나는 빈손이다.

생태습지에 장마의 기운을 흠뻑 받은 연잎은 두 손바닥을 덮어도 남을 크기다. 바람에 흔들리지 않는다. 하늘의 푸른 기운이 서려있다. 녹음으로 꽉 찬 습지에 등불 같은 연꽃이 하얗게, 노랗게 피어있다.

장마에 떠내려와 자리를 잡은 양귀비는 홍등으로 유혹한다. 버드나무의 치렁거림은 어깨를 지나 발밑을 간질이겠다는 듯이 너울댄다. 크령은 꼿꼿하고 부들은 작은 바람에도 건들거리며 부들댄다. 여인의 머릿결을 흑단으로 빛나게 해줄 걸 기대하는 창포는

뭣도 모르고 노랑꽃으로 삽삽하다.

가마우지와 왜가리는 시간의 파수꾼이 되어 꼼짝도 하지 않는다. 다섯 마리의 새끼를 한 줄로 이끌고 가는 어미 오리는 물 위를 미끄러지듯 나아가다 제자리를 맴돌고 있다.

이런 것들은 스스로 살아가며 생을 이어간다.

탄천에서 살고 있는 뱀인지, 장마에 떠내려온 뱀인지, 내 생각대로 해바라기를 하고 있었는지. 매미소리가 작년보다 왜 열흘 정도 늦었는지. 가마우지, 왜가리가 기다림 속에서도 어떻게 먹이를 낚아채는지.

나는 글로써 말로써 설명하지 못한다. 언어도단의 세계에 있는 것들이다. 사람의 삶도 이와 같다는 생각이다. 설명되지 않는 삶.

나는 자꾸 책을 읽어서 어쩌자는 것인가, 하며 중얼거릴 때가 있다.

책보다는 내 주위에 있는 사람, 사람들을 더 들여다보아야 한다고 가끔 다짐한다. 나를 둘러싸고 있는 사물, 사태의 본질을 깊이 들여다보아야 한다고 생각한다. 마음의 깊이와 다양함으로, 사물

사태의 본질을 찾아내고 밝혀낸다는 것이 얼마나 방대한가에 지레 주눅 들어 시도조차 해보지 못하고 늘 우물쭈물하다 결국에는 또 책을 읽게 된다.

〈장자〉에 다시 도전해 보아야지 하면서도 읽지 않고 있다.

'장자의 꿈'은 무엇인가.

〈장자〉를 사고 공책과 펜을 준비했다. 공책에 〈장자〉를 한 꼭지씩 베끼고, 옥편을 뒤적거리며 해설을 비교했다. 두 달 더 걸려 마지막 장 '장자의 죽음'으로 펜을 놓았을 때의 후련함. 허나 거기까지였다.

후기에서 '물고기의 잡는 틀은 물고기를 잡기 위한 것, 물고기를 잡았으면 그것은 잊어야 합니다.' 그렇게 해서 〈장자〉를 잊은 것이 아니다. 담아놓은 내 지식의 얕음으로 해서 잊은 것이다. '우주와 인생의 깊은 뜻'은 멀고 아득하다.

스치듯 적셔지는 물에 의해 통통해지는 콩나물처럼 내 머릿속도 스쳐간 〈장자〉에 의해 무언가가 통통해졌을 거란 어설픈 생각만 남아있다.

탄천에서 쑥쑥 자라는 풀과 천하태평인 잉어들을 보면서 〈장자〉를 생각한다.

잠시 연꽃은 장자였고, 나는 잉어였다. 소심한 마음으로 생채기를 내고 싶어도 그것들의 생명은 여전히 꿋꿋하다.

내년에도 뱀이 또아리를 틀고, 며칠 늦거나 빠르거나 간에 또 다른 매미가 매앰매앰거리겠지.

* 김훈 〈여름의 편지〉를 패러디하다

돌직구 대가리

옆방의 선배가 못을 박아달란다. 망치와 못은 준비되어 있다고. 선배 책상의 뒷벽 앞에 의자를 밀어붙이고 올라선다. 못 박을 곳을 확인한다. 왼손으로 못을 고정시키고 망치로 톡톡 친다. 조금 들어간 듯하자 망치에 힘을 주어 내리친다. 벽이 저항하는 느낌이다. 힘을 조절하여 망치를 더 세게 내리친다. '탕' 소리와 함께 콘크리트못이 날아간다. 콘크리트 부스러기는 모래 알갱이가 되어 주위를 난다. 구멍이 아니라 못으로 쪼아낸 것 같은 흔적이 손톱 크기만 하다.

선배는 콘크리트 못 하나를 다시 건네준다. 조심스럽게 못을 박는다. 힘을 조절하는 데 집중한다. 주저하지 않고 단호하다. 들어간 듯하다. 이번에는 하는 심정으로 '팍' 내려친다. '깡!' 소리와 함께 콘크리트 못은 자유 비행한다. 못을 건네받고 같은 동작을 반복한다. '팅!' '팅!' 소리를 내며 못은 자유 비행한다.

"잘 안 박히네."

내 변명스러운 말을 들으며 등 뒤에서 선배는 궁시렁거린다.

박히지 않는 못과 벽의 완강함, 생각대로 박히지 않는 못으로 내 얼굴에 붉은 기운이 돈다. 선배가 등 뒤에서 계속 중얼거린다.

벽에 못을 박는 일은 물리적인 행위를 말함이다. 계속 중얼거리는 말 속에 은유가 들어있는 것 같다는 느낌이 든다. 내 얼굴의 붉은 기운은 짙은 노을이 된다. 묘한 은유가 들어있다고 혼자 확신한다. 나는 콧김을 쉭쉭 내뿜으며 전력 질주하는 버팔로가 되어 못대가리에 망치를 힘껏 내리친다.

"흐억!"

뒤에서 선배는 자꾸 중얼거린다.

"못대가리 하나 못 박는구나아~."

딱따구리가 집을 만든다. 나무의 보굿을 부리로 쪼아내고 구멍을 뚫는다. 일정한 공간이 될 때까지 쪼아댄다.

'뚝딱뚝딱 나무 찍는 소리, 뚝딱뚝딱 장단 맞춰 찍고…'

동요에서처럼 장단 맞춰 찍지 않는다. 연속적으로 쉬지않고 찍어댄다. 따다다다닥! 쪼아댄다. 잠시 주위를 둘러보고 또 따다다닥이다. 부리가 나무에 찍히는 순간 딱따구리 머리 뒤털은 파도에 휩쓸리는 해초처럼 위아래로 격하게 흔들린다. 나무에 부리가 닿는 순간 딱따구리는 눈을 위로 감으며 머리에 전달되는 충격을 견디는 모습이다. 암수 두 마리가 들어갈 공간을 확보하고 입구를 만드는 과정에서는 '툭' '콕' 찍어 섬세함을 보인다.

친구와 함께 광릉수목원에서 딱따구리가 집을 만드는 과정과 그 생태에 대한 설명을 듣는다.

식당에서 친구가 소곤거린다.

"딱따구리는 주둥이와 대가리로 나무를 쪼아대는데, 왜 뇌진탕이 되지 않는지 알아?"

"......."

"새대가리라 그래. 그치?"

N은 술안주에 까다로운 친구다.

돼지고기는 지방이 많고, 치킨은 콜레스테롤 수치가 높고, 생선회는 이튿날 숙취가 심하고, 해물찜은 맵기만 하단다. 음식점을 정하고 우리가 들어가면 N은 마지못해 따라오는 시늉을 한다. 때로는 호기롭게 앞장서 들어가기도 한다. 술과 함께 나오는 안주를 깨작거린다. 주 메뉴에 곁들여 나오는 밑반찬으로 술자리를 끝까지 견딘다.

그날은 겨울철 별미인 과메기로 정했다. '3대 1'이니 어쩔 수 없다는 듯 따라오는 N의 모습은 심드렁하다.

우리 넷은 가벼운 마음으로 시작한다. 언제나 그렇듯이 몇 순배가 돌면서 본격적으로 술을 사냥하고 자신의 집안일을 들추어내고 가끔은 정치인들을 난도질한다.

누군가가 과메기는 쳐다보지 않고 밑반찬으로 안주 삼아 술을 넘기는 N을 의식한다. 나는 술잔을 들어 목을 뒤로 젖혀 술을 넘기며 맞은편 친구에게 눈짓으로 옆의 N을 지적한다. 안주! 하는 입모양을 짓는다. 친구는 이내 눈치를 채고 또 다른 친구에게 N의 안주 먹는 모습을 눈치로 확인시킨다. 한 마디씩 한다.

"쪽파, 미나리를 이렇게 넣지. 상큼하고 풋풋하고 향긋하다니 까! 초장!"

"콧속이 알큰, 시큰해지는 이 맛! 안주로는 최고지!"

"톡톡 알이 터지는 것 같은 이 알싸한 마늘 맛! 먹어봐야 알 수 있어."

"옛날에는 청어, 요즘에는 꽁치!"

친구가 생미역에 과메기, 마늘, 풋고추, 쪽파, 미나리를 넣고 돌돌 말아 초장을 듬뿍 찍는다. 옆의 N에 건네준다. N은 마지못 해 그것을 받아 입에 넣고 우물거린다. 우리는 한꺼번에 물어본 다.

"먹을 만하지?"

"……."

"맛있지!?"

우물거리며 한참을 되작이다 힘겹게 목넘김을 하고나서 N이 말한다.

　"맛대가리 한나도 없구만!"

*대가리
① (속) 머리
② 동물의 머리 또는 길쭉한 물질의 머리가 되는 부분

담배 피우는 남자

"아니, 아직도 이해가 안 가? 음⋯ 칠판에 있는 것 써 놓고 다시 시작하자."

분필을 놓고 교실 앞에 있는 책상에 털썩 주저앉는다. 책상 위에는 담배와 라이터, 계란 후라이 세 개는 충분히 들어갈 크기의 모조 수정재떨이가 가지런하다. 나는 담배 한 개비를 꺼내 물고 경쾌한 손놀림으로 라이터를 틱틱거려 불을 붙인다. 활짝 열려진 교실 창문으로 담배 연기를 호기롭게 후우욱 불어낸다. 아이들의 머리는 칠판과 공책을 번갈아 가며 확인하고 칠판에 씌어진 것을 베끼기에 분주하다. 조용하다.

재떨이에 재를 툭툭 쳐서 털어낸다. 재떨이? 어느 아이의 엄마가 새 학기가 시작되면서 아이 편에 사 보내준 재떨이. 그 아이는 '재떨이 당번'을 하겠다고 나선다. 등교하자마자 재떨이부터 비우고 깨끗이 닦아 물기를 없애고 책상 위에 올려놓는 것으로 하루 공부를 시작한다.

"담배 피우는 모습, 영화배우 같아요!"

우리 동네에서 서울까지 가는 버스에는 좌석마다 등 한가운데에 재떨이를 단아하게 업고 있다. 나는 고향에서 이어지는 작은 도시와 도시를 거쳐 서울의 용산까지 달리는 버스에서 담배를 빡빡 피우고 푸우푸우 연기를 뿜어낸다.

"아이, 문 좀 열어놓고 피워요!"

짜증이 잔뜩 묻은 이주머니의 닐카로운 소리가 들린다.

"아, 네에."

버스 등에 업힌 재떨이에는 비벼 끈 담배꽁초가 너댓 개 된다.

담배 연기를 가득 실은 버스가 도착한 용산의 대합실, 하차하는 곳곳에 담배꽁초 가득한 재떨이가 기다린다.

'흡연으로 뇌가 불타 덜컥 뇌졸중이 일어난다.' 순식간에 죽음을 맞는 것이 차라리 낫지 않을까. 뇌졸중은 겁난다. 자신은 물론 가족에게 모든 책임을 떠넘기는 일은 일어나지 않기를 바란다. '손가락 발가락이 썩어가고 폐포가 파괴되어 죽어가는데 재생이 되지 않는다.' 뚜렷한 의식으로 아무것도 할 수 없는 썩은 손발가락. 이 또한 상상이 가지 않는다. 포도송이 같은 폐포가 서서히 죽어가 늘었다 줄었다 하는 기능이 떨어지고 숨을 제대로 쉬지 못하고 죽어간다니! 아, 끔찍하다. '피부가 거칠어져 주름이 빠르게 깊어진다.' 나이 들어 주름을 갖는 것은 당연하다. 다른 사람보다 빠르게 늙어가기는 싫다. 나를 좋아하는 사람들이 얼마나 실망할까.

'담배를 피우지 않는 주위 사람에게도 똑같은 피해를 준다!' 다른 사람의 건강을 해치는 것은 흉기를 들고 휘둘러 그들에게 상처를 입히는 범죄다.

"어디 가는데요?"

현관, 낡았지만 발에 편한 운동화를 꿰차는데 아내가 묻는다.

나는 '알면서 새삼스럽게' 하는 마음으로 시큰둥하다. 별거 아니잖아 하는 듯 왼손을 들어 손바닥에 들어있는 담배와 라이터를 슬쩍 보여준다. 담배는 죄악이다. 피우지 않는 사람의 생명을 위협한단다. 집안에서 필 수 없다.

아파트 동쪽 끝 외진 곳에 대형 재떨이가 있어 가끔 이용한다. 지나치면서 담배 피우는 모습을 곱지 않은 시선으로 흘끔거린다든지 냄새가 난다고 손사래를 치며 불쾌한 눈초리를 날리는 여자도 없어 담배 피우는 '범죄'를 저지르기에 알맞은 장소다. 그곳에서 '공범자'를 조우한다.

비쩍 마르고 등까지 굽은 나이든 공범자는 체머리끼로 엄지와 검지 사이에 낀 담배를 쪼옥 쪽 빨아대며 궁상을 떤다. 막 일어나자마자 범죄를 저지르고픈 충동을 못이겨 슬리퍼 직직 끌면서 느리게 다가와 재떨이 앞에 불량스런 자세로 담배를 꼬나문다. 머리는 새가 날아 간지 몇 년이 지나 비바람에 망가지고 햇빛에 바랜 새집 모양이다. 하루 종일 언제 올지 모르는 인력회사 전화나 받는 듯한 얼굴이 새까만 사람은 담배 피우는 범법행위에, 한 모금 들이마시고 내뱉고 나서 침을 타악, 카악 뱉어내는 생활경범 죄행위까지 해댄다. 가중처벌이 마땅하다. 내가 함께 하는 공범자들이다.

아내가 내 팔을 슬쩍 당겼는데 운동화를 신는 동작과 어긋나 나는 기우뚱한다. '뭐야?' 하는 심정이 되고 짜증이 살짝 돋다가 이내 사그러진다.

"당신 책상으로 가요."

나는 아내가 나에게 하고 싶은 이야기가 있는 것으로 짐작한다.

"얼른 피고 올게. 그때 얘기해요."

아내는 내 어깨를 잡고 운동화를 꿰어 신은 나를 정면으로 돌려 세운다. 말투가 조용하다.

"안방에서 피워요. 노숙자 같은 사람들 속에서 피우는 모습 너무 추레해요. 다른 사람들의 눈치를 보면서 피우는 모습도 싫구요. 존중받아야 할 나이에 그놈의 담배 때문에~. 내가 좀 참죠, 뭐. 당신은 가장이잖아요? 그러니 가장답게…."

나는 안방에서 가슴을 부풀려 대왕고래의 가슴이 되었고 고래의 분수처럼 연기를 뿜어댔다.

흔적을 따라

　다슬기가 기어간다. 물속 자갈과 자갈 사이의 진흙 위로 다슬기
가 지나간 길은 골로 패인다. 한참을 들여다보아도 그 자리인 것
같지만 조금씩 앞으로 나가고 있다. 지나온 흔적이 남는다. 진흙
뻘 속을 천천히 움직인다. 뻘 속에 들어있는 양분을 섭취한다.
꼼지락 꼼지락 몸통을 밀어 나감이 쉴 새 없다. 더듬고 찾아내고
빨아들이고 입에 넣고 넘기고. 땀을 뻘뻘 흘리며 나간다. 온몸의
진력을 다한다. 빠져나가는 수분을 얻기 위해 물속에서 물을 마시

며 나아간다. 때가 되면 짝을 찾는다.

　다슬기가 기어가던 습지를 다시 찾는다. 다슬기가 지나간 자취가 뚜렷하다. 고불고불 꾸불꾸불하다. 자취가 끝난 곳에 다슬기는 보이지 않는다. 자취가 끝난 곳에는 부드러운 펄만 보인다. '다슬기가 없어졌구나'하고 나는 중얼거린다. 지나간 자취로 다슬기가 있었다고 생각한다. 다음날 습지를 다시 찾았을 때 다슬기의 자취조차 볼 수 없다. '다슬기가 없구나'라고 중얼거린다.

　참새들이 우거진 개나리 사이를 날아다닌다. 포르륵 포르르 날며 바쁘다. 잠시도 가만히 있지 않는다. 쉼 없이 움직인다. 부리로 가지의 시커멓게 변한 곳을 쪼아댄다. 나무껍질, 큰 가지, 작은 가지를 옮겨 다니며 줄기차게 먹이를 찾는다. 앉아서 날지 않을 때도 퍼덕이는 날갯짓을 반복한다. 꼬리를 들썩이기도 한다. 천적에 대응하는 몸짓은 행동에 입력되어 날갯짓에 배어 있다.

　참새들은 여전히 바쁘다. 서로를 부르는 소리, 힘께 하사는 소리, 노랫소리, 울음소리, 배고파하는 소리, 다른 곳으로 날아가자는 소리로 둥그런 나무 속은 소란으로 꽉 찬다. 다독거리는 소리,

불평하는 소리도 있겠다.

참새는 봄이 되면 짝을 찾는다. 소리를 질러보고 노래를 부르기도 한다. 맛있는 벌레를 잡아 갖다 주기도 한다. 경쟁자와는 부리를 더 날카롭게 세워 한바탕 붙어볼 모양이다. 목의 깃털을 부르르 세우기도 한다.

냇가의 나뭇가지에 앉았던 새들이 산등성이 쪽으로 날아가고 그 너머 하늘 끝자락으로 더 날아간다. 하늘 끝으로 날아간 새의 자취는 보이지 않는다. 빈 하늘만 남는다. 고요함뿐이다. 이제 새는 보이지 않는다.

사람은 태어나고 자란다. 학교에 다닌 동선이 있고, 직장에서 일하는 동선도 있다. 직장을 떠나 이곳에서 저곳으로 옮긴 동선도 생각할 수 있다. 삶의 과정에는 동선 이외에 목표를 이루고자 하는 노력도 있다. 친구는 물론 가족을 돌볼 겨를 없이 보다 안락한 삶을 위해 치열하게 달려 나간다. 치열하지 못하면, 그래서 뒤떨어지면 사람의 구실을 하기 어렵다. 평생을 치열하게 살다 삶의 문을 닫는다. 그 사람이 사라진 후에는 가족에 의해, 친구에 의해 그의 삶의 흔적을 잠시 이야기한다. 세월이 가면서 그의 흔적은 이야기 속에서도 서서히 잊혀진다. 그 사람의 흔적을 어디에서도 찾을 수 없게 되고 드디어는 그 사람이 이 세상에 살았었는지조차 가늠하지 못한다. 그의 자취는 휘발되는 알코올처럼 사라진다.

보통 사람은 삶의 흔적이 남지 않는다. 잘해야 비석이나 족보에 이름이 오를 뿐이다. 이름만 남고 자취는 찾을 수 없다.

두려움이라니

친구가 장례식장에 들렀다면서 술 한 잔 하잔다.

망자는 아흔 살이 넘었고, 치매로 3년을 견뎠단다. 누군가는 해야 할 수발과 간병비 문제로 형제들에게는 비뚤어진 시선으로 서로를 바라보는 눈길만 남았다 한다.

"그 집 형제들 돈 있잖아?"

"있지. 그런데, 안식구들이 문제였나 봐."

나도 아는 상주였다. 나에게 왜 연락이 오지 않았는지 서로의 생각을 나누었다.

우리, 옛날엔 극노인(?) 소리를 들어야 하는 나이에 이정도 건강을 유지하는 것만 해도 다행이라는 생각을 같이 했다.

망자의 치매가 머릿속에서 어른거리는지 친구가 말한다.

"내가 싼 것을 조물락거리고, 벽에 바르는 놀이를 하다가 나중에 먹겠다고 냉장고에 넣어두는 짓은 하지 않기를!"

"걱정이지. 내가 자신할 수 없잖아. 무슨 짓을 하는지 내가 모른다는 것…. 두려움이지."

내가 생각하고 있는 두려움을 느적느적 말한다.

"사막을 건널 때 물이 가득 든 가죽부대를 들고 가. 물로 부풀어 오른 가죽부대는 불룩하여 보기에 이상하지. 뒤퉁스럽기도 하구. 그렇지만 물이 가득 든 가죽부대와 함께 걸으면 사막에 들어가는 사람은 꿋꿋하고 편안하기까지 해. 건널 수 있다는 의지가 부풀어 오른 가죽부대처럼 빵빵하지. 열로 달구어진 모래 바다를 장애물로 생각하지 않아. 사마에서 보게 되는 신기루기 보지이도 않고. 그 신기루 너머에 있는 편안함을 먼저 생각해. 사막을 건너면서 가죽부대의 물은 점점 줄어든다고 생각해봐. 육체와 의지는 줄어든 물의 양보다 더 급속도로 말라갈 걸. 몇 번의 신기루를 경험하고, 가죽부대가 홀쭉해지면 두려움을 느끼기 시작하지. 신기루는 신기루, 이제는 신기루의 실체를 보게 되는 거야. 마개를 빼버리고 목울대를 크게 돋우고 가죽부대를 높이 들어 짜듯이 흔들어보지만 물 한 방울 떨어지지 않고. 육체와 의지는 열판 위에서 지글거리며 톡톡 튀다 소멸해버리고. 이런 쪼그라진 가죽부대가 사람을 두렵게 하는 거야."

"에이, 환상이다. 소설이나 영화…, 너 소설 쓰고 있지?"

"환상이라구? 소설보다 더한 이야기가 우리 주위에 강가 모래만큼 있다는 거 너도 알지? 두려운 이야기들."

"알지. 그렇지만 피부에 와 닿는 두려움은 이런 거야."

자신의 경험도 아닐 텐데 조심스럽게 이야기를 풀어간다.

"지갑은 신체의 일부가 되어 그 사람과 일생을 함께 해. 욕심으로 우김질해 넣은 지갑이 럭비공처럼 불룩해지고 본디의 지갑에서 한참 먼 모양새. 사실 이런 지갑은 비정상적이야. 몇몇의 지갑에서만 볼 수 있는 모양새이어서 그래. 두툼한 지갑은 사람을 기분 좋게 해. 하는 일에 자신감을 주고, 인간 관계가 넓어지고, 심지어는 관대해지기까지 해진다니까. 미래를 설계하고 희망을, 꿈을 키워나갈 수 있지. 어떤 지갑은 홀쭉해지고, 때로는 몇 장의 지폐가, 동전으로 바뀌어 달랑댈 때가 있어. 당황하기 시작하지. 자신이 하는 일의 가치가 줄어들고, 돈으로 채워야 할 지갑이 얇아져. 많은 일을 늘어놓아 지출이 많아지고, 지갑은 점점 홀쭉해지지. 줄어드는 부피에 반비례하여 커지는 것. 두려움!"

둘이는 잠자코 술잔을 기울여 넘긴다. 할 일 없는 사람처럼 젓가락이 이 접시, 저 그릇 위를 헤맨다. 내가 생각하는 또 다른 두려움을 거북이 기어가듯 느릿느릿 풀어놓는다.

"사람은 다른 사람의 칭찬과 격려를 듣고 살아. 욕과 비난도 함께 하고. 나, 좋은 사람이라고 하면 기쁘고, 사람 같지 않은 사람이라고 하면 화가 나. 다른 사람도 그럴 걸. 나를 칭찬하는 사람이나 비난하는 사람을 모를 때가 있어. 이런 사람들이 나에게 하는 칭찬이나 욕은, 들었으나 그저 흘려들어. 덕망 있는 사람이 나를 사람답다 말해준다면 당연히 기쁘고, 질이 나쁜 사람이 나를 사람답지 못하다고 말한다면 이는 견딜 만해. 그런데…, 삿된 사람이 나를 좋은 사람이라 할까봐 두렵다니까."

"야, 손가락질 안 받고 사는 사람, 있냐? 그런 사람이 더 잘 사는 거 몰라! 요즈음, 도덕성 결여, 절대로 두려움 아냐!"

"그런가…."

까치집을 옮기다

까치가 집을 짓는다. 한 쌍이다.

가냘프게 휘청거리는 우듬지를 옮겨 다니며 이 가지 저 가지를 살펴본다. 쪼아보기도 하고 물어뜯기도 한다. 나뭇가지를 꺾어 입에 문다.

미리 의논해 놓은, 둥지 틀기에 알맞은 나무에, 물고 온 나뭇가지로 얼개를 쌓는다. 이리저리 놓아본다. 짜여지는 얼개 사이로 찔러넣는다. 생가지, 마른 가지를 고루 사용한다. 한 마리가 나뭇가지를 건네주면 다른 까치는 이를 받아 쌓기만 할 때도 있고, 둘이 나란히 날아가 한 가지씩 물고 오기도 한다. 둥지 모양이 갖추어지면 마른 잔디, 진흙을 물어온다.

이들의 움직임은 경쾌하고 활기차다. 둥지 주위를 오르내리면서 파닥거리며 소리 지른다. 알아들었다는 듯이 한 마리의 까치가 훌쩍 날아간다. 한참 후에 주문한 나뭇가지를 물고 온다. 남아 있던 까치는 둥지 주위를 폴짝폴짝 옮겨 다니면서 고개를 갸웃거리며 꼼꼼히 살핀다. 나뭇가지를 주고 건네받고. 입이 자유로워진 까치가 짖어댄다. '우리의 보금자리'라는 듯. 다른 까치가 답한다.

"까가가깍 깍깍!"(알았어, 내 사랑!)

나뭇가지가 떨어지기도 한다. 까치는 외마디 소리를 지르고 얼른 내려와 다시 물고 올라간다. 떨어뜨리고 소리도 지르지 않고 멀건이 바라보기만 한다. 이런 나뭇가지는 집짓기에 알맞지 않다고 판단하고 일부러 버린 것이 틀림없다.

나무 밑에는 나뭇가지들이 여기저기 흩어져 있다.

사랑하고 알을 낳기 위해서, 봄이 오기 전 까치가 집을 짓는

2월의 일이다.

　탄천을 따라 듬성듬성 버드나무가 자란다.

　산책길과 자전거 통행로 사이는 넓어 야생초가 자라고 잔디가 덮여 있다. 옆의 계단을 오르면 개나리가 울타리로 밀생한다. 개나리 울타리와 차도 사이에 조림지역은 벚나무, 소나무, 플라타너스, 전나무, 산수유가 자란다. 20~30년은 자란 크기이다. 이곳에서 쉽게 까치집을 볼 수 있다.

　소나무에서는 까치집을 거의 볼 수 없다. 버드나무에서 까치집을 자주 볼 수 있다. 까치집을 가장 많이 볼 수 있는 나무는 플라타너스다. 소나무 가지의 강건함으로 둥지의 형태가 변하게 되고, 버드나무나 플라타너스 가지의 유연함으로 까치집 모양이 변하지 않는 걸까.

　나는 산책길, 자전거 통행로를 거쳐 계단을 오르락내리락 하면서 걷는다.

　계단 위에 올라서 탄천을 내려다보며 심호흡을 한다. 군락으로 밀식해놓은 개나리 우거진 그늘 밑에서 까치집을 보았다.

나뭇잎이 돋기 전 시(市)에서는 해마다 시내 전역에 있는 나무들을 전지한다. 나무의 모양새를 다듬는다. 나뭇가지들끼리 엉켜서 자라는 가지가 대상이다. 또 한 해 태풍에 견뎌낼 수 있도록 나무의 웃자란 부분을 잘라내기도 한다.

작업 중에 까치집이 지어져 있는 바로 밑에서 전지되었고, 이 까치집은 개나리가 막 피어나는 그늘 속에 처박아 놓고 간 것이 틀림없다.

나는 집으로 되돌아갔다. 얼른 승용차를 몰고 왔다.

까치집은 한 아름이 됐다. 무겁지 않다. 나뭇가지로 만든 공이 되어 탄력이 있다. 둥지 속의 보금자리는 검불사이로 헝겊조각, 종잇조각, 실뭉치가 반이 넘게 깔려 있었다. 여러 가지 새털로 포근한 느낌이 든다. 나는 까치집을 번쩍 들어 설레는 마음과 함께 승용차 트렁크에 실었다.

까치가 집 남쪽에 있는 나무에 둥지를 틀면 그 해 그 집에 반드시 영광스러운 일이 생긴다는 말이 전해져 내려온다.

조선시대, 수십 번의 낙방으로 답답하고 속을 부글부글 끓이는 선비가 있었다.

썩은 동아줄이든 지푸라기든, 무엇이든 매달려야 했다. 이 선비는 전해져 내려오는 이야기를 진짜로 믿고 싶었다. 선비는 까치집이 있는 나무를 밑둥째 찍어다가 자기 집 대문 앞에 세워놓았다. 선비의 집은 마당도 없고 나무 한 그루 없는 빈약한 살림이었다. 놀부가 제비 다리를 부러뜨린 경우다. 놀부는 동물을 학대한 죄, 물신주의 등으로 큰 곤욕을 치루지만, 그 선비는 그 해 급제를 했다. 임금(성종)의 특별한 배려였지만, 까치집의 덕을 본 것이다.

나는 직장 내에서 승진에 힘들어 했다.

승진에 필요한 것에 열심이었다. 그러나 승진규정에 약간씩 부족했고 승진 시기가 조금씩 늦어지고 있었다.

컴활, 20분 주어진 문장을 초딩들은 10분 만에 쳐내고 룰루랄라하는 심정으로 남은 시간을 즐기는데, 나만 투덕투덕 소리 내던 독수리타법을 운명이라 생각하고 오지운지법으로 바꿔놓았다.

나는 개나리 그늘 밑에서 까치집을 본 순간 조선 시대의 선비가 떠올랐으며 나도 그와 같이 해보리라 생각했다.

나의 사무실 앞에는 정원이 있다. 그것도 남쪽이다. 내가 책상에서 고개를 왼쪽으로 돌리면 바로 보이는 곳에 목련나무가 있다. 트렁크에서 까치집을 꺼내 목련나무 가지 사이에 끼워 올려놓는다. 누르고 우겨넣어 쉽게 떨어지지 않게 다독거린다.

선비의 심정이 되어 중얼거린다.

'알았지, 까가가깍 깍깍!'

인간의 내면을 포착하려면 소리를 내어서는 안 된다.

얼굴 표정이 아니라 영혼의 떨림을 잡아야 한다.

한 사람이 자기 자신과 완전한 합일을 이루는 모습을 보여주는

내밀한 그 무엇을 포착해야 한다.

— 피에르 아술린 ≪앙리 카르티에 브레송≫에서

전동차는 길을 벗어나지 않는다

"이번 역은 야탑, 야탑역입니다. 내리실 문은 왼쪽입니다."

　전동차 세 번째 칸의 문이 열리자 백 씨가 들어온다. 페도라, 바바리, 바지, 거기에 구두까지 연한 갈색이다. 나와 악수를 한다. 백 씨가 말한다.

　"정 씨는 안 탔어?"

　내가 전화한다.

"정 씨? 어디? 응. 세 번째 칸으로 와. 둘이 함께 있어."

전동차가 막 움직이자 정 씨가 통로에서 나타난다. 유행 지난 양복에 와이셔츠엔 없는 구김이 보이는 것 같다. 넥타이는 사방무늬로 검은색이 짙다.

백 씨, 정 씨, 나는 고등학교 동창이다. 고등학교를 졸업하고 진학한 대학이 달랐고, 졸업 후 근무한 직장도 달랐다. 각자의 직장에서 자리를 잡아갔다. 나중에야 알게 된 일이지만, 90년대 초 분당의 아파트에 각각 입주했고, 오륙 년이 지났다. 고등학교 동창 수첩을 뒤적거리던 나는 백 씨와 정 씨의 주소를 보았다. 어느 토요일 오후 나는 백 씨와 정 씨에게 조심스럽게 전화를 했다. 야탑동 '방짜'에서 소주잔을 기울였다. 시작이었다. 한 달에 한 번 정도 만나던 세 사람의 술자리, 5년 전부터는 한 달에 두 번이 되었다. 백 씨와 정 씨는 대화에 적극적이었다. 앞 사람의 이야기를 들으면서 자신의 이야기에 끊임없었다. 절묘한 습관이었다.

휠체어를 위한 공간에 세 사람이 서로 마주 보며 선다.

백 씨가 말을 튼다.

"강동보일러에 근무하면서 중국으로 진출했어. 보일러계에서는 처음이지. 참 더럽더만. 잠자리, 음식, 물, 입고 다니는 옷까지. 말은 왜 그렇게 시끄러운지. 우리말을 잘하는 조선족이 가이드였어. 중국애들 춥게 살더만. 온돌이란 걸 몰라. 보일러 설명해 주면 고개는 잘 끄덕여. 집에 설치하려는 애들은 별로였던 때였지. 가이드는 회사의 일은 물론이고 우리가 생활하는 데 많은 도움을 주려고 했어. 중국에서 보기 드문 명쾌한 애였지."

아니나 다를까 정 씨도 말을 꺼낸다.

"'가을비 한 번에 내복 한 벌'이란 속담 들어봤지. 가을비가 내리고 나면 기온이 뚝뚝 떨어져 본격적으로 추워져. 난 벌써 겨울옷 다 꺼내놨어. 세탁도 안하고 넣어둔 파커가 있더라니까. 세탁소에 맡겼어."

내가 끼어든다.

"중국의 단고기 이야기지? 정 씨는 우울증 이야기일 테고."

"허허, 그래도 들어. 중국에서 가장 맛있게 먹은 것은 단고기야. 구육관이라고 간판이 붙어있어. 간판글씨도 괴발개발 삐뚤빼뚤 써 놓고. 배고픈 사람만 들어와 먹으라는 것 같아. 이 집을 안내한 가이드가 의외로 활기찼어. 주저함이 없었어. 문을 드르륵 열고 들어갔어.”

“맞아, 들어봐. 옷만 바꾸어지는 게 아니야. 우리들 감정도 바꾸어지지. 나, 요즘 특별한 걱정거리 없는데도 우울하다니까. 가을 타고 있어. 타버린 가을 저만치 지나가네. 내 친구 한 녀석은 기분이 우울하다고 떠들더니, 결국 계절성 우울증에 빠져 병원에 들어갔다니까.”

“가이드가 미리 약속을 해놓았대. 김이 모락모락 솟아오르는 단고기 몸통이 도마 위에 통째로 올려 놓여져 있어. 소금에 찍어 먹는 맛! 캬아! 쥑여주대. 난 유명한 마오타이 이런 것 입에 안 맞아. 인민들이 마신다는, 우리로 말하면 소주 같은 술, 꾸리들이, 이 말 맞나? 꾸리들이 싼값으로 마신다는 술, 이과두주. 냄새가 없고 독하지. 그 술, 내 입맛에 쩍쩍 달라붙더만. 단고기와 꾸리 술. 잊을 수 없어.”

“비록 겨울 초라하더라도 동물이나 식물에겐 햇볕을 쬐어야 해. 그냥 쬐는 것이 아니라 만끽해야 한다구. 햇볕을 쬐면 비타민D를 보충하는 것과 같다나. 비타민D가 뭐야? 모를 소리를 잘들

해. 낙엽이 막 지니까 기분이 꿀꿀해. 주위는 온통 무언가 출렁거리는 것 같다니까."

시그널 뮤직이 전동차 안에 가득하다.
"이번 역은 모란, 모란역입니다. 내리실 문은 왼쪽입니다. 신흥이나 단대오거리 방면으로 가실 고객님께서는 이번 역에서 8호선으로 갈아타시기 바랍니다."

"전교조 명단 공개한 사람 있잖아, 의원 시절. 프라이버시와 단결권보다 공익성이 우선시된다고 판단했잖아. 그 사람 의원 생활 끝내고 교수직으로 되돌아갔을 걸. 참 바보 같은 사람이야. 왜 그런 짓해."
"일기예보 들었지. 대체로 흐리고 중부지방은 토요일 오후, 비소식이 있다네. 이제 남쪽에도 단풍 다 졌겠지. 단풍이 산마다, 거리마다 찬란할 때는 기분이 좋았어. 마구 나엽 되어 기리를 휩쓸고 다니니 괜히 심란해지네. 날씨가 이렇게 쌀쌀해지면 기분이 차분해지는 것 같기도 하고, 가슴에 구멍이 난 것 같기도 하네."

"이 사람을 상대로 소송을 제기한 당시 조합위원장. 지금 뭐하는 지 알아? 금배지 달고 다녀. 법 뒤에 숨을 때와 법을 무시하기에 능하지. 바보 같은 교수. 그런데 그 사람 지식인이라고 할 수 있어. 대한민국의 미래를 걱정한 대가로 훈장을 달아줄 만하지. 그 훈장? 빚더미에 올라앉아 있어. 교수 월급은 라면만 사 먹을 정도고. 빚은 일 년에 1억 원 이상씩 불어난대. 교수가 꿍쳐둔 돈 있겠어?"

"스산한 바람 불데. 슬픈 멜로디가 생각나네. 신나는 댄스곡보다는 감미로운 발라드 곡, 이런 곡을 들으면 마음이 따뜻해져. 병원에서는 말이야. 슬픔에 잠긴 사람에게 더 슬픈 음악을 먼저 틀어준대. 그러면서 서서히 즐겁고 경쾌한 음악으로 기분을 바꾸어 주지."

"요즈음 강심장 갖고도 못 살아. 최신 방탄심장을 갖고 있어야 살아갈 수 있어. 아무리 떠들고 설득해도 바꾸어지지 않는 사람이 있어. 맘에 안 드는 사람, 너무 많아."

"단풍 구경 제대로 하지 못하고 입동이 지난주에 지났어. 겨울 이란 뜻이야. 계절은 건너뛰는 법이 없어. 준비된 대로 차례차례

오고 또 가는 것이지. 나, 한 살 더 먹네."

시그널 뮤직이 전동차 안에 가득하다.

"이번 역은 복정, 복정 동서울대학역입니다. 내리실 문은 왼쪽입니다. 잠실 방면이나 남한산성 방면으로 가실 고객께서는 이번역에서 8호선으로 갈아타시기 바랍니다."

"전직 장관이 교수 막 시작했을 때, 내가 그 사람, 우리 대학에서 몰아냈잖아. 산문집인가 수필집인가에서 우리 문화를, 민족을비하하는 문장이 나와. 두 줄이었지. 나 4학년 때이고. 학생회 임원이었어."

"21세기 말이라~. 우리는 사라져 버린 시기이겠지. 기후의 변화로 재앙이 내린다고 떠들데. 기후 재앙으로 달려가고 있다는거야. 보통 열차가 아니라 KTX래."

"자기 것을 수중히 여길 줄 모른다며 일본의 전통을 은근히 찬양하는 내용이었지. 우리의 전통을 살려야 한다고 결말을 맺고있었어. 두 줄을 빌미삼아 학생회는 3주간 그 교수실 앞에서 구호를 외쳤어. 이 전직 장관, 우리 대학에서 쫓겨나고 어떤 여대 교수로 자리를 옮겼어."

"온실가스 얘기지 뭐. 온실가스로 지구 평균 기온이 상승하면 지구가 망한다는 거야. 지구 평균 기온이 2도 상승하면, 해수면이 높아져 많은 섬들이 물에 잠긴대. 바닷가 해안선은 육지 깊숙이 들어오고."

"요즘엔 잘 나가는 지식인이야. 내가 그때 그 글을 지적하지 않았으면 지금까지 인문학 세계의 변방에서 어쭙지않은 썰만 풀고 있을 걸. 한국의 지성인 중 한 사람을 내가 키운 경우가 됐어. 하하!"

"이산화탄소의 농도가 치솟는데, 점점 가파르게 상승한다는 게야. 귤은 제주도에서 남해안으로 올라왔잖아. 대구 사과, 유명했지. 지금은 강원도에서 재배한다잖아. 21세기 말이면 평양의 기온은 지금의 서귀포의 기온과 비슷해진다잖아. 온난화, 온난화하는데, 왜 더 추운 겨울을 맞게 될 거라고들 말하는지 모르겠어. 요즘 날씨 참 추워. 뭐가 온난화야."

시그널 뮤직이 전동차 안에 가득하다.

"이번 역은 수서, 수서역입니다. 내리실 문은 왼쪽입니다. 종로
3가, 대화 방면이나 오금 방면으로 가실 고객께서는 이번 역에서
갈아타시기 바랍니다."

"독일 있을 때, 뒤셀부르크에서 암스테르담까지 술 마시러 3시
간 죽어라 하고 달리는 거야. 지사장으로 있을 때지. 우리 상품을
유럽에 얼굴을 막 디밀 시기였어. 나, 키 작잖아. 술은 좀 했지.
말도 어눌하고 소통에 문제 있었지."

"김장했어? 배춧값이 널뛰고 있어. 한 포기에 6천 원 하던 것이
엊그제였지. 지금은 1천 원이야. 우리 집? 1천5백 원이 싸다고
흐뭇해했는데 말이야. 조금 기다려 봤어야 했어. 난 늘 그래. 김장
0°에서 4°일 때 담가야 가장 맛있게 먹을 수 있다는 데. 언제
담갔더라? 허~ 지난주에 담갔지. 그때 평균 기온이 몇 도였는지
알아? 맛있는 김치 먹기는 영 틀린 것 같구먼."

"서울 본사에서는 마구 실적을 올리라는 거야. 젠장, 우리 물건
알아줘? 깜깜 절벽에 부딪친 꼴이었어. 5년 동안 있으면서 조

금씩 나아지긴 했어. 지사를 나에게 맡기고 돈을 투자한 것은 본사의 실수라고 생각해. 난 그냥, 때는 이때다 싶어 이곳저곳을 두루 돌아다녔어. 유럽의 놀이에 푹 젖어보아야지 하는 자폭적인 심정일 때도 있었구. 서울 본사로 와서 다른 직장으로 옮겼어."

"김치지수란 말 있어. 배추, 무, 고춧가루, 갓 등의 값을 평년과 비교한 지수야. 우리집은 확실히 돈을 적게 들였어. 김치 좋아하는 우리 같은 사람들 기분 좋은 금년이야. 배춧값이 싸다고 김장을 많이 담갔어. 문제가 생기대. 어디에 보관해. 할 수 없이 김치냉장고 작은 것 하나 더 샀어."

"암스테르담에 가 봐. 참 환상적이야. 광장 전체가 마리화나 연기로 꽉 찼어. 난 피지도 않았는데 어질어질했다니까. 유리박스 안의 여자들 보며 우리는 보드카를 홀짝홀짝 마셨어. 취하지 않아. 정신적 충격이 컸던 모양이야. 소주는 술 아냐."

"어렸을 땐, 시집간 누님도 와 주고, 이웃집 아주머니 서넛이와서 함께 김장했지. 돼지고기 푹 삶고. 나중에 나누어 갖고 가기도 하고. 그때 좋았어. 이번에 마누라하고 둘이 담갔는데, 허리빠지는 줄 알았다니까."

백 씨와 정 씨의 이야기를 듣고 있던 내가 참을성을 슬쩍 터뜨리며 말한다.

"서울 시내에서 유일하게 개를 데리고 타도 괜찮다는 지하철역이 있어. 어느 역인지 알아?"

"…."

"…."

"도곡역이야. Dogok. Dog ok!"

시그널 뮤직이 전동차 안에 가득하다.

"이번 역은 도곡, 도곡역입니다. 내리실 문은 왼쪽입니다. 충무로, 대화 방면이나 일원 방면으로 가실 고객님께서는 이번 역에서 3호선으로 갈아타시기 바랍니다."

"내립시다."

"예식장은 누가 뭐래도 접근성이 좋아야 해. 백화점을 생각해봐. 다 지하철과 연계돼 있잖아. 예식장 음식? 다 비슷비슷한 맛이지. 돈만 많이 내고."

"맵찬 날씨야. 신랑신부 짱짱하게 살라는 날이지. 하늘은 높고 파랗네. 맑은 하늘은 이 혼사를 축복해 주고 있다는 증거야. 눈을 뜨고 보기 힘든 하늘이구먼."

나란한 두 사람의 어깨 위로 늦가을의 햇빛이 쏟아져 찬란하게 되쏘인다.

꿈도 못 꾸나

그가 하는 일은 다섯 가지다.

그는 할 일 다섯 가지를 워드프로세서로 작성했다. A4용지에 명함 크기로 편집하였다. 출력해 오려놓으니 열 장이었다.

인생의 마지막 즈음해서 꼭 하고 가야 할 목록인 버킷 리스트 (Bucket list)인 셈인데, 그는 남은 생을 활기차게 지내고 싶어서라고 했다. 백 살까지 살 수 있는 세상이라니까.

그는 그 리스트를 책상 위에 있는 작은 스피커에 압핀으로 꽂아

놓았다. 700쪽이 넘는 인문서적『총·균·쇠』의 책갈피에도 끼워져 있다. 자동차 내비게이션의 아래에서도 그 리스트를 볼 수 있다. 지갑 속에도 그 꿈을 키우고 있다.

후배들이 요즘 건강은 어떠냐고 묻는다. 야탑동에 소재한 소줏집 '방짜'에서 벌어진 술좌석에서다. 그는 아직은 건강하다고 한다.

술잔이 돌아 소주 세 병이 순식간에 동이 나고 '한 병 더!' 주문한다. 이때쯤 되면 좌석 분위기가 축축해지고 목소리도 조금은 커진다. 후배는 명호, 인철, 승환이다.

얼굴이 바알개진 명호가 높아진 톤의 목소리로 묻는다.

"'화백' 형, 퇴직한 지도 일 년이 넘었는데 특히 하는 일 없어?"

인철이 명호의 말에 덧붙인다.

"제가 아는 분은 이틀 골프치고, 사흘 고스톱 모임에 나간다는대요."

승환이가 이어서 말한다.

"내가 아는 사람은 일주일에 네 번을 산에 오른대. 현직에 있을

166

때보다 더 건강해졌어."

그는 말없이 빙그레 웃기만 한다.

"화백 형, 바둑도 즐기고, 당구 탁구 다 잘 하잖아. 골프 모임은 자주 나간다는 얘긴 들었고. 고스톱은 잘 안 하셨지, 아마? 뭘로 소일하는지 궁금하다니까."

명호의 말이다.

그는 바지 뒷주머니에서 지갑을 꺼낸다. 지갑을 펼치고 명호에게 건네주며 말한다.

"지갑 오른쪽에 워드프로세서로 작성한 것, 있지? 내가 요즘에 하는 일들이야."

엉겁결에 지갑을 받아든 명호는 빛이 잘 드는 쪽으로 방향을 잡고 우물거리며 읽는다.

인철이와 승환이 동시에 주문한다.

"야! 크게 읽어봐. 혼자 읽지 말고."

"알았어."

명호는 그 내용을 일별하고 알았다는 듯이 지갑에서 눈을 조금 멀리하는 자세를 취하면서, 술집 소음을 견뎌낼 수 있는 크기의 목소리로 읽는다.

"어~ 다섯 가지야. '항상 책을 읽는다' '자주 글을 쓴다' '늘 영어 공부를 한다' '드럼으로 악단원이 된다' '걷는다야.'"

셋이서 한 마디씩 한다.

"드럼, 진짜 시작했어?"

"책을 읽는다, 글을 쓴다? 눈 안 아파요?"

"일삼아 걷는다?!"

술집 '방짜'다.

안성 유기 방짜에 고기를 올려놓아 구워먹는 집이다.

'술시'가 시작된 지 꽤 됐다. 일곱 개의 탁자에 손님들이 어깨를 겯거나 마주하고 있다. 뒤집어 놓은 고기를 앞 사람이 금방 또 뒤집어 놓아 고기는 자꾸 한쪽만 익는다. 술잔을 부딪친다. 제스처가 경쾌하다. 킬킬거린다. 시끌벅적하다.

"웬 소주?"

"술집에서 떡 시키는 놈도 있나?"

"언니! 우리 술 안 시켰어."

"오빠~우리 그만 마셔야 해~."

식탁 이곳저곳에서 왁자하게 들려온다.

왼쪽에 2층으로 오르는 층계가 있고 그 밑에 4인용 탁자가 있다. 4인용 탁자에 그와 후배들이 진지를 구축해 놓았다. 견고한 진지다. 풍성하기까지 하다.

구이용 방짜 위에서 생삼겹살 삼인분이 한꺼번에 지글거린다. 소주와 맥주병 너댓 개가 식탁을 지키고 있다. 잔들도 함께 끌려 나왔다. 쌈채소는 바구니에 듬뿍 담겨 있다. 밑반찬들은 납작 엎드려 서로가 비좁다. 벽에 기대어 손바닥 크기의 팥고물떡과 백설기가 가지런히 쌓여 있다. 조니 워커 블루라벨이 얼음통을 옆에 끼고 장군처럼 우뚝 서있다. 조니 워커가 쌈채소와 밑반찬을 흐뭇한 미소로 내려다본다. 생삼겹살은 맞춤으로 지글거린다.

그와 후배 셋은 아래에서 쏘아올린 조명을 받은 얼굴이다. 환하다 기운이 솟구친다.

명호가 그를 마주보며 말한다.

"형님, 시작할까?"

"그래, 좋아. 너무 요란하지 않게."

인철 승환이 부추긴다.

"화끈하게!"

명호가 천천히 일어서 좌석들 주욱 훑어보면서 손뼉을 차악 착 친다.

"손님들! 보기 좋습니다. 각자 좋아하는 사람과 저녁 한때 이 '방짜'에서 함께 즐긴다는 것도 큰 인연입니다. 소주 한 병과 떡 두 덩이 앞에 있죠? 왜? 중요합니다. 제 앞에 계신 김 선배가 국제 문학 8월호(2013년)에 단편소설 '돛이 큰 배 멀리 간다'로 등단했습니다. 김 선배께서 자축하는 의미로 이 시간에 함께하는 손님들에게 소주와 떡을 드린 겁니다. 친구 연인과 맛있게 드십시오. 김 선배께 아니, 김우곤 작가에게 건배를 드리고자 합니다. 동참하실 분들은 앞에 있는 술잔을 채워주십시오."

명호 옆에 앉아있던 인철이 일어나 말한다.

"건배 제의를 하겠습니다. '김우곤 작가의 등단과 필력을 위하여' 하면 여러분은 '위하여'를 두 번 한 다음 세 번째는 '위! 하! 여!'로 마감해 주십시오. 김우곤 작가의 등단과 필력을 위하여!"

모든 손님들이 동참한다. 함성이 인다. 천장의 불빛이 하르르 자지러진다.

　승환이 광고한다.

　"블루라벨 한 잔 하고 싶은 분은 오십시오. 작가가 직접 따라드
리겠습니다."

　오늘, 2012년 12월 31일.

　그가 중얼거린다.

　'꿈도 못 꾸나'

누구의 의자인가

　30명에게 1cm크기를 그리게 했다. 각자가 그려준 1cm를 1m로 확대 했다. 이 1m를 국제표준규격에 적용해서 의자를 만들었다.

　만들어진 의자는 그 크기가 모두 달랐다. 주욱 늘어놓은 서른 개의 의자 는 들쑥날쑥이었다. 각자가 생각하는 기준이 같지 않고 천차만별이라는 것 을 이 의자들은 말하고 있었다. 크기가 다른 서른 개의 의자에서 모두는, 각자는 자신이 앉으려 하는 의자의 크기를 보여준 것은 아닌지.

　사람들은 어디를 가든지 의자에 앉게 된다.

－이완의 설치작품 〈각자의 자리〉

회의실 가운데, 책상과 의자가 배열돼 있다. 갓 발령받은 신입사원은 회의실을 ㄷ자로 둘러 놓여진 의자의 끝에 앉았다. 6~8명이 앉을 수 있는 나무로 만들어진 장의자였다.

　근무햇수가 늘어나고 업무에 익숙해지면 동료직원과 나란히 함께하는 의자에 앉는다. 부장으로 역할이 바뀌면 직장에서 중요한 업무를 다루게 된다. 또 상사와 의논 상대가 되고 직원들에게 업무를 지시하게 되면 책상은 더 넓어지고 커진다. 의자는 빙글빙글 돈다. '직장의 꽃'인 자리에 앉게 되면 책상은 더욱 커진다. 부장용 책상보다 두 배 크기다. 의자는 내가 앉고 또 다른 내가 앉아도 남는 크기다. 빙그르 돌려 출입문을 등지면 '꽃'은 보이지 않고 등받이만 보인다.

　직장, 다루는 업무의 중요도에 따라 의자의 형태와 크기가 다르다. 의자의 크기가 커질수록 의사결정권이 강하고 결정적이다. 자리가, 의자가 사람을 만든다. 앉고 싶어 하는 의자는 대개 희망사항일 경우가 많다. 사람들은 크고 안락한 의자에 앉기를 바란다.

　그런가 하면 또 다른 의자가 있다. 의자가 힘의 논리로써만 기능하는 건 아니다.

　　그래도 큰애 네가

　　아버지한테는 좋은 의자 아녔냐.

　이정록은 시 〈의자〉에서 말한다.

　결혼하고 아이 낳으면 아내는 남편의, 남편은 아내의 좋은 의자
여야 한다. 직장에서 사람과 부대끼면서도 필연적으로 그 누군가
의 역할에 도움을 주고받는 처지가 된다. 이때도, 의자가 되어
다른 이를 앉히기도 하고, 누군가에 의해 만들어진 의자에 무심코
앉아 쉬면서 일하면서 꿈을 키워나간다. 끊임없이 서로에게 의자
가 되어있음을 인식하지 못하는 경우도 있다.

　　참외밭에 지푸라기도 깔고

　　호박에 똬리도 받쳐야겠다

　　그것도 식군데 의자를 내줘야지

　　　　　　　　　　　　　　　　　－앞의 시에서

따리와 지푸라기는 호박과 참외의 의자가 된다. 이는 우리를 둘러싸고 있는 모든 사물, 자연까지 확장시켜 생각하게 한다. 내 주위에는 수많은 의자가 놓여져 있다. 나는 그 의자와 관련되어 있다. 털썩털썩 앉아 쉬고 떠든다. 고마움은커녕 존재조차 느끼지 못한다.

내 하루하루는 사람 사물과 밀착되어 있다. 내가 갖고 있는 욕망의 의자, 누군가의 의자가 되어 있는 내가 맞물려 있다. 웃음을 머금고 한쪽 눈을 살포시 감았다 떠 앉으라는 신호를 보낼 수 있는 의자를 본다.

나는 누구의, 어떤 의자인가.

흔들리는 하수오

"사장님, 이것 좀 보쇼."

나를 사장이라 부른다. 동네에서 눈이 마주친 지 오래되었는데도 성조차 알지 못하고 수인사를 건넨다.

"철제비 님, 이번엔 또 뭡니까?"

만나면 서로가 편하게 부른다. 그는 상가에 철물점을 갖고 있다. 일요일은 가게를 닫고 활짝 열려진 무도회장으로 간다. 30여 년을 드나들었다. 그의 손을 거쳐 간 여자가 부지기수란다. 여자들이 경쟁적으로 커피를 사고 밥을 산다. 그래서 자기는 붙박이 '제비'란다. 나는 그 '제비'에, 계절과 무관하다는 뜻으로, 또 그 사람이 운영하는 가게를 연관시킨 글자 '철'을 얹혀 '철제비'라 불렀다. 그는 두 눈을 반짝이며 짧은 머리를 두 손으로 쓱쓱 넘기는 시늉을 하면서 매우 흡족해 했다.

"하수오요, 하수오!"

"하수오? 들어보긴 했는데."

작은 열매가 손바닥에 얌전히 들어있다. 럭비공 모양으로 연두색을 띠고 있다. '철제비'는 뭇 여인을 끌어낭기고 밀고 돌린다. 말재간 역시 춤 솜씨를 따라가는가. 입담 한 번 걸쭉하다. 망설임이 없다. 떠오르는 발상은 즉시 말이 되어 튀어나오는데 여러 박사들이, 인문학자들이 동원된다. 이 사람의 말과 춤의 리듬에 올라타면 그 어떤 사람이 함께 달리고픈 마음이 들지 않겠는가.

하수오를 복용하면? 머리가 새카맣게 되고 면역력이 늘어나게 된다. 간 기능에 도움을 준다. 신장 기능을 튼튼히 해준다. 전립선을 강화시켜 준다. 끊임없이 말을 이어갈 태세다. 내가 주춤거린다.

"원래는 뿌리에 약효가 있다 해요. 그렇지만 이 열매로도 충분하죠. 홍차처럼 끓여 하루 종일 마시고 있다니깐요!"

짧게 깎은 '철제비'의 머리는 나이에 비해 흰머리가 적고 뾰족뾰족한 느낌이 들 정도로 건강한 모발을 갖고 있다. 나는 '철제비'의 머리를 슬쩍 바라본다.

"어디서 딴 거요?"

"탄천! 한 번 찾아봐요."

검색으로 '철제비'의 말을 확인했다. 탄천을 따라 하수오는 예서제서 보였다. 열매를 채집하여 껍질을 벗기고 초록색 열매를 씹었다. 달달하다. 물에 끓여 한약이라도 되는 듯이 동그란 눈으로 들여다보고 혀 위에서 공 굴려 그 맛을 음미하며 만족한 표정으로 목을 넘겼다. 열매를 실에 꿰어 주렴처럼 베란다에 주렁주렁 매달았다. 겨울에 마실 요량으로. 준비도 잘한다는 스스로의 자족감이 충만했다.

K형, 총무와 함께 대낮에 탄천 주변을 어슬렁거릴 이유가 없었다. 생태교실 강사인 총무는 내일 수업자료로 메뚜기가 필요한데

한 마리라도 있어야 한단다. k와 나는 속으로 코웃음을 쳤다. 메뚜기가 날 때가 아니었다. 그런데도 총무를 따라 탄천 주위에 풀이 우거진 곳을 기웃거리며 메뚜기를 찾는 척 했다. 철없는 메뚜기를 잡든지, 아니면 메뚜기가 없음을 확인하고 난 후의 상황에 은근한 기대를 걸고 미적거렸다. 셋이 함께 즐길 수 있는 맥주였다.

"총무, 하수오 보여 줄까요?"

"이런 데서는 하수오를 볼 수 없어요."

"있다니까!"

탄천 옆에서 자라고 있는 하수오와 그 열매를 보여주었다.

"하하, 그건 박주가리예요."

나는 조금 우기다가 하수오의 효능, 생장 장소, 부작용 등에 대한 설명에 막힘없는 총무의 입을 바라보았다. 잠시 후 나는 입을 다물었다.

집에 와서 인터넷을 뒤적거렸다. 지난번 검색한 내용과 같았다. '같은 데 무엇이?' 하며 박주가리를 검색했다. 하수오와 박주가리의 열매 모양은 완전 쌍둥이었다. 잎이 갈라진 부분의 모양이 조금 달랐다. 생육하는 장소와 효능면에서는 크게 달랐다. 인체에 독성을 일으키는 것에서 박주가리는 구분이 되었다. 나는 박주가리를 하수오라 믿었다. 그 열매를 먹고 차로 끓여 마셨다.

내가 본 것은 사실이라 믿는다. 내게 믿음을 주는 사람이 이를 뒷받침해주고 인터넷과 활자에서 확인하는 절차를 거치면 그 사실은 더욱 믿게 된다.

이와 같은 경로를 거쳐 믿게 된 하수오, 사실 박주가리였다. 내가 믿고 있는 것들 속에 잘못된 정보가 함께하면 그것들은 사실과 멀어진다. 지금까지 잘못 인식하고 있는 사실이 어디 이뿐이겠는가.

지금도 나는 조금씩 흔들리고 있다.

대물림된 무기력

초등학교 3학년인 기찬은 온종일 토관과 함께 논다.

아파트에 사는 애들은 기찬이와 놀아주지 않는다. 그 애들은 사실 놀 시간이 없다. 학교 공부가 끝나면 미술학원, 피아노교습소, 태권도장으로 곧장 간다. 저녁때쯤 되면 집에 가서 저녁을 먹는다. 그리고 무슨 속셈인지 모르지만 속셈학원에 나간다. 무슨 속셈인지 그 애들의 엄마는 또 보습학원에 보낸다.

기찬이와 비슷한 애들이 어쩌다 둘 셋 모이면 토관들은 밀림이 되고 마법의 동굴이 되어 마냥 신이 났다. 막일꾼 아저씨들에게 들키면 이상한 욕을 했다. 그런 욕은 기찬이의 배를 부르게 했다. 히히!

어둑신해지고 가로등이 환자처럼 누루퉁퉁한 얼굴이 되어 디밀면 어김없이 배가 고프다. 집에 돌아온다.

조그맣게 쪼그라진 집과 같은 할머니가 히멀건 눈으로 바라보고, 아무 말 없이 라면을 끓여준다. 매일 먹는 라면인데도 맛있다. 점심은 학교에서 먹는다. 밥과 국, 세 가지나 되는 반찬은 더 맛있다. 짜장밥이 나오는 수요일은 모두가 기다리는 날이다.

"에이 씨. 우리 선생님은 아무 것도 몰라. 왜 내 기분을 몰라주는 거야."

오늘 학교에서 있었던 일을 생각하니 라면국물 맛이 없어진다.

기찬이는 여자반장 연아를 좋아한다. 정말 예쁘다. 공부도 잘하고 키도 크다. 입고 다니는 옷도 짱이다.

남자반장은 선생님이 없으면 지가 완전히 선생님이 된다. 조용히 해, 너희들은 왜 맨날 몰려 다니냐면서 소리소리 질러댄다.

선생님이 쓰는 나무막대로 탕탕 교탁을 치기도 한다. 연아는 그렇지 않다. 항상 생글생글 웃는다. 선생님이 없어도 조용히 제 할일만 한다. 우리들에게 큰소리를 내지도 명령하지도 않는다. 난 연아가 정말 좋다.

등교시간 문방구 앞에는 애들로 바글거린다. 주인아줌마는 애들이 달라는 학용품을 골라주고 돈을 받고 10원짜리까지 거스름 돈을 내주느라 정신이 없다. 떡볶기집보다 더 복잡하다.

오늘 기찬이는 지우개를 갖고 싶다. 지우개를 살며시 집는다. 호주머니나 가방에 집어넣지 않는다. 지우개를 집은 손과 팔을 절대로 흔들지 않는다. 조용히 천천히 앞만 보고 가기만 한다. 주인아줌마도 다른 애들도 기찬이가 지우개를 슬쩍한 것을 눈치 채지 못한다.

학교 정문에 들어오면 그제서야 기찬이는 슬쩍한 지우개를 가방에 넣는다. 매번 슬쩍헤지지는 않는다. 주인아줌마의 눈에 띌 때도 있다.

"아, 이거 얼마예요? 내일 드릴 게요."

안 된다고 하면 제자리에 놓고 나오면 그만이다. 그리곤 씨익 웃어준다. 학교를 둘러싼 문방구는 여러 곳이다. 이곳들은 기찬이의 학용품 창고다.

스케치북? 애들로 북적일 때 적어도 일곱 명 이상은 있어야 한다. 스케치북 한 권을 바닥에 떨어뜨린다. 물론 주인아줌마가 보지 않을 때를 잘 맞춰야 하다. 천천히 다른 물건을 고르는 척하며 발로 슬쩍 출입구 쪽으로 스케치북을 밀어놓는다. 세 번이면 문 앞까지 밀어진다. 다른 애들이 학용품을 고르는 것을 들여다보기도 하고 나도 그것을 사고 싶다고 참견도 한다. 그러다 뒤돌아 나오면서 발로 밀어놓은 스케치북을 천천히 집고 나오면 된다.

'내가 산 걸 떨어뜨렸다 줍는 줄 아는가 봐. 바보같이.'

물건을 슬쩍하다 들켰는데 '그러면 못 쓴다'라고 말만 했던 문방구에서 오늘은 인형을 들고 나왔다. '못쓴다'아줌마가 못쓴다 소리도 하지 않는다. 바비 인형, 연아에게 줄 선물이다.

그런데 내가 좋아하는 연아가 말이다. 연아가, 내가 주는 인형을 받지 않았다.

"니가 좋아 주는 거야. 받아."

연아는 얼굴이 바알개졌다. 다른 애들이 소리소리 지르고 책상을 두드리고 앉은 의자를 몸과 함께 들었다놨다 한다. 교실이 무너지고 있다. 연아의 새까만 머리만 보인다. 쳐다보지도 않는다.

"안 받을 거야? 에이씨!"

기찬이는 티셔츠를 벗었다. 그대로 알몸이 드러났다. 그리곤 소리소리 질렀다.

"받아! 받으라니까!"

그뿐이 아니다. 얼굴은 홍시가 되었다. 두 손으로 머리를 마구 헝클린다. 배와 가슴을 타다닥 재빠르게 번갈아 친다. 교실 바닥에 데굴데굴 뒹굴었다. 연아는 책상에 머리를 박고 윗몸을 마구 들썩인다. 부들거린다.

쾅 소리로 문이 열리고 들어서는 선생님의 얼굴도 홍시다. 소리를 빽 지르고 애들을 앉힌다. 기찬이의 뒹구는 모습에 두 눈이 동그레진다. 남자반장이 기찬이의 인형과 연아의 울음을 쉿소리로 고자질한다.

"기찬이 너! 싫다는 것을 억지로 줘서는 안 돼! 그건 선물이 아냐!"

교실은 물속처럼 조용해졌다. 기찬이의 격렬하던 몸짓이 한숨으로 가느다란 떨림이 된다. 천천히 일어나 흐느적거리며 교실 뒤쪽으로 간다. 청소도구함 문짝에 등을 기댄다. 주르르 주저앉더니 두 무릎 사이에 머리를 집어넣고 움직이지 않는다.

기찬이는 윗옷을 벗고 바닥에 뒹굴어 자기의 욕구를 드러냈다. 바람 빠진 작은 공이 되어 조용히 자신을 받아들이고 있었다. 무기력이 밀물이 되어 밀려온다.

알맞은 거리

리사이틀 홀. 피아니스트가 등장한다. 왼손은 피아노 끝에 가볍게 대고, 오른손은 자연스럽게 내려뜨려 우아하고 정중하게 인사를 한다. 드레스 밑자락을 정리하고 의자에 앉는다. 의자를 약간 당기는 듯 하는데 움직이지 않는다. 엉덩이를 뒤로 빼고 앞으로 당기기를 반복한다. 발로 페달을 밟아보기도 한다.

자신과 피아노와의 간격을 찾는 중이리라. 연주할 곡은 이미 머릿속에 정리되었을 테고. 곡의 첫 부분을 시작하기 위한 자신의 마음과 피아노와의 간격을 찾는 행동이다. 건반을 쓸어내리듯 훑어 내리기도 해야 하고, 건반을 손가락으로 콕콕 찍어야 할 때도 있으리라. 물결 타는 듯한 부드러움도 있고, 열 손가락을 모두 사용하여 격렬하게 두드려야 할 때도 있으리라. 해머처럼 두드리는 경우도 있겠지. 손으로 머리로 온몸으로 몰입할 것이다.

피아니스트는 건반을 슬슬 벗긴다. 살살 어루만진다. 몸의 무게로 누른다. 열 손가락으로 쾅쾅 찍는다. 발길질한다. 피아노는 모든 것을 기꺼이 받아들이고 기쁨의 소리를 내고 있었다. 피아노와 피아니스트는 너무 떨어져 있어도 안 되고 좁아서도 안 된다. 정적에서 선율이 나왔다. 둘이 밤낮을 가리지 않고 최적의 거리를 찾았음이다.

필드. 드라이버의 문제점은 잦은 슬라이스였다. 이를 고치기 위해 많은 시간을 들였다. 어드레스와 팔로우, 자연스러운 스윙에도 공을 들인다. 비거리는 길지 않지만, 정확성에서는 아이언이 좋다. 특히 7번 아이언에는 자신감을 갖고 있었다. 거리와 방향 모두였다.

17번 홀 두 번째 샷, 남은 거리는 135m다. 자신 있게 7번 아이언을 들었다. 그린에 올리기에 알맞다. 이 샷으로 온 그린하고, 더 욕심을 부려 홀에 바짝 붙여 버디를 노려야겠다는 계산이 섰다. 거리를 한 번 더 떠올리고 방향을 확인하고 볼 앞에 섰다. 두 번의 헛스윙도 가볍다. 신중하게 샷 했다. 이게 무슨 경우냐. 공은 심한 슬라이스에다 쪼르르 휘리릭 구르더니 OB 말뚝 바로 앞에 멈췄다. 순간의 짜증으로 클럽을 머리 위로 거칠게 올리고 잠시 멈춘다. 심호흡. 공 앞으로 가서 세 번째 샷을 했다. 피벗이 깊다. 공은 20m의 거리도 힘겨워했다. 난 얼굴을 들어 하늘을 향했다. 무슨 말이 있겠는가. 옆에서 동반자가 한 마디 던진다.

"거리야, 공과의 거리. 너무 가까웠어."

그랬다. 버디의 욕구는 욕심으로 변해, 평상시 연습 동작을 잃게 하였다. 공과 나와의 가장 알맞은 거리를 그 욕심이 망가뜨렸다.

안전거리를 확보한다. 내가 확보한 안전거리에 불쑥 차가 끼어든다. "가이샤까!" 내 입에서 툭 튀어나온다. 브레이크를 재빠르게 밟아 속도를 줄인다. 룸 미러로 뒷차와의 간격을 일별한다. 방어운전이다. 속도를 그대로 유지했다면 끼어든 차와 부딪쳤겠지.

뒤따라오는 차가 안전거리를 확보하지 않았다면? 내가 브레이크를 밟는 순간 쾅하고 내 차에 추돌됐겠지. 추돌 때문에 내 차는 앞 차를 박고 난 안전운전을 했는데 앞 차의 수리비 30%를 생으로 부담해야 한다. '뭐, 이런 교통벌칙이 있어' 구시렁거려봐야 소용없지. 2~3초 사이 머리에 그려진다.

끼어든 차는 벌써 저 앞으로 질주해 나가고 있다. 난 가슴을 가라앉히며 "우이, 씨!" 하는데 언제 그랬냐는 듯이 자동차의 흐름은 매끄럽다.

사람과 사람 사이에 안전거리는 있을까. 상담자와 내담자의 최적 거리는 30cm다.

이때는 물리적 거리이기도 하지만 심리적 거리에 비중을 둔다.

사람이나 사물과도 가까이해서는 안 될 경우가 있다. 밀착되어 없어진 거리로 인해 큰 낭패를 보는 경우를 듣고 보기도 한다.

'하느님을 믿으라. 믿지 않는 자는 불길 낭떠러지 지옥에 떨어질…' 지하철에서의 설교(?)다. 손짓은 격하고 발짓도 쿵쿵댄다. 누구를 바라보지도 않고 외운 것을 기억해내려는 듯 혼자만 몰아의 경지다. 목울대가 도드라진 이 사람. 최적의 거리에 있는 믿음의 과녁을 관통하여 지나치게 나간 경우다.

최적의 거리는 사물, 사람, 성질에 따라 달라진다.

적절한 거리에 미쳐야[及] 미칠[狂] 일 없다.

기억의 확장

그령은 마을을 드나드는 샛길 농로에 흔전만전 즐비하게 자란다. 길 한복판은 소나 개, 사람의 발길이 잦아 잘 자라지 않는다. 밟히지 않는 곁자리의 것들은 싱싱하고 억세게 자란다.

길 가운데에 허방다리를 만든다. 그 위에 너스레를 걸치고 잡풀을 뜯어다 덮는다. 길가에 길길이 자란 그령의 긴 풀대를 한 묶음씩 감싸 잡아당겨 엇매어 놓는다. 함정이다. 덤불 뒤에서 숨죽여 기다리던 우리들은 엇매어놓은 그령 줄기에 발이 걸려 고꾸라지는 아이들의 모습을 보고 낄낄거리며 박수를 친다.

　허방다리에 걸쳤던 풀줄기는 '너스레'였고, 엇매어 놓은 풀이 '그령'이라는 것을 알게 된 것은 요즘이다. 너스레와 그령이 확실해지자 나의 어린 시절의 모습이 기억 속에서 아련하다. 삼베옷 주머니 가득한 오디, 주둥이가 새까맣도록 훑어먹은 깜부기, 몰래 들고 나간 달걀 한 알로 바꾸어 먹던 눈깔사탕. 얼레리꼴레리 하며 나 때문에 공연히 놀림 받던 아랫집 '덕이'. 내 머릿속은 청량해진다. 책임감은 희미하고 사랑과 관심만 받던 시절이다.

　이른 아침 분식집 뒤쪽은 조용하다. 참새 한 마리가 푸드득 난다. 나는 잠깐 멈칫한다. 날아간 참새가 있었던 곳으로 짐작되는 데로 눈길이 간다. 맨땅이다. 아기 주먹만 한 크기의 갈색 털뭉치가 움직이는 듯하다. 쪼그리고 앉는다. 두 날개를 몸통에 바짝 붙인 참새다. 두 다리는 나무젓가락에 붙어 있고 머리가 보이지 않는다. 젓가락과 나리 사이에 미리를 박은 모습이다. 참새의 목덜미도 젓가락에 붙어 있어 한쪽 날개만 퍼덕거린다. 목덜미를 손가락으로 살살 밀어 빼낸다. 내 손가락을 작은 부리로 콕콕 찍어댄다. 홍시를 손아귀에 쥐고 있는 것 같이 작고 연약하고 부드럽다. 손아귀에 힘을 줄 수 없다. 양 다리를 끈적거리는 것에서 떼어주어도 한 날개가 붙어 있어 날지 못한다. 몸통과 죽지가 나무젓가락에 붙어 있다. 손가락 위에 참새의 다리를 올려놓고 다른 손으로 몸통과 죽지 사이를 밀어준다. 순간, 푸드득 소리만 남기고 참새가 낮게 날아간다. 빠르다.

냄새 없는 고무풀이 나무젓가락 끝에 묻혀져 꾸덕꾸덕 마르고 있다. 내 손가락에도 끈적인다. 괴이쩍게도 나는 깃털이 몇 개 묻어있는 나무젓가락에 신경을 쓰고 있었다.

모로코 사막의 황량한 산에서 양떼를 돌보며 살아가는 형제. 희망 없고 무료한 나날, 동생은 사격 솜씨를 뽐내기 위해 외국인 투어버스를 조준한다. 작렬하는 태양, 태고의 고요만이 함께 한다. 사막의 적요를 깨트리는 타앙! 소리. 멍한 시선으로 스쳐지나가는 사막의 풍광을 바라보던 미국 여인이 폭 고꾸라진다. 투어버스에 타고 있던 사람들은 자기들에게 어떤 일이 벌어졌는지 파악하지 못한다. 남편과 가이드가 사태를 파악하고 구조용 헬기를 요청한다. 헬기는 오지 않는다. 모로코와 미국 정부가 이 사태를 보는 시각은 전혀 달랐다. 두 나라는 총상을 입은 여인의 생명보다는 자국의 명분을 쌓기 위해 분주했고 보복논리로 이어진다. 모로코 청년이 사용한 총은 사냥 여행을 마친 부유한 사람이 가이드에게 기념으로 주고 간 선물이었음이 밝혀진다.

영화 〈바벨〉이다. 이 영화는 언어 장벽, 인종 간의 소통의 단절로 괴리가 생기는 막막한 슬픔을 이야기하고 있다. 어설픈 화해 장면으로 끝이 난다. 나도 그렇게 이해했다. 그런데 영화관을 나오는 나는 내 머릿속에 한 자루의 총이 들어있어 불편했다.

책에서 '그렝'을 읽을 때 어린 시절의 기억들이 머릿속 예서제서 솟아났다. 함정을 위장하기 위해 걸치는 것이 '너스레'였다는 것을 알고선 혼자 좋아하며 너스레를 떨었다.

살아 날아간 참새의 몸통을 꽉 잡고 있던 나무젓가락을 보며 영화 〈바벨〉 속의 총 한 자루를 왜 니는 떠올린 것인가. 참새와 여인은 자신과는 전혀 상관없는 것이 순식간에 다가와 생명을 위협하고 있어도 그 실체를 알지 못한다. 누군가가 용도 폐기하고 아무 생각 없이 버린 나무젓가락이 자신의 생명을 움켜잡을지 참새가 어찌 알았겠는가. 여행 기념 선물로 받은 총이 황폐한 사막 한 가운데까지 와 자신의 목숨을 노렸다는 것을 여인은 알지 못한다.

참새의 퍼덕거림을 보면서 간접적으로 체험한 이미지, 총 한 자루를 떠올리는 기억의 흐름을 나는 설명하지 못한다. 논리에 맞게 설명할 수 없다.

이런 기억의 흐름은 나 자신이 쌓아놓은 기억의 퇴적일 것이다.

기억의 퇴적을 위해 책을 읽는다. 퇴적된 기억을 확장하기 위해 글을 쓴다.

조난(遭難)이다

　망망한 바다, 깊은 산속, 높은 산 그리고 눈과 얼음으로 뒤덮인 곳에서 삶과 죽음의 갈림길을 넘나드는 경우가 있다. 조난이다.
　고기잡이 나간 선원들이 폭풍을 만나 십여 일 간 바다를 표류한 끝에 간신히 육지에 닿는다. 계곡에서 야영을 하던 사람들이 갑자기 불어난 물에 고립되기도 한다. 대백산 정상아래 실신상태의 등산객은 구조대의 도움을 받는다. 남극에서 불의의 사고로 몇 명의 대원이 실종됐다는 소식은 우리들의 마음을 우멍하게 한다.

KTX, 기차 안에서 차창 밖을 내다본다. 경치가 차창 가득하다. 바로 앞의 경치는 휙휙 지나가고 먼 경치는 시계방향으로 비잉 돌면서 다가온다. 보이지 않던 앞의 경치는 천천히 밀려오다 그 모습을 또렷이 보여준다. 뒤로 물러날 때 순식간에 지나간다. 끊임없이 반복되는 경치다. 조금씩 전경과 배경이 구분되지 않는 파노라마가 된다. 너무 빨리 지나가 초점이 맞추어지지 않는다. 이 빠른 파노라마의 경험은 또 다른 심리적 문제를 일으킨다.

빠르게 나가는 것, 빠르게 성취하려는 마음은 조급함을 낳는다. 이 조급함은 뭐가 중요하고, 뭐가 불필요한지 헷갈리게 한다. 필요한 것과 덜 중요한 것을 일정대로 소화할 뿐이다. 조급함과 헷갈림은 중요한 일에 무게를 싣지 못한다.

우리 삶은 빠르고 곧게 나가야함도 있지만 쉬어가야 할 때도 있다. 사람들은 쉬어야 할 때를 갖지 못한다. 자기를 돌아볼 줄 모르고 앞으로만 나간다는 것은 일종의 심리적 강박으로 작용하게 된다. 곧게 빨리 가 봐도 내가 얻고자 하는 것을 볼 수 없을 때, 대개는 심리적으로 방황을 하게 된다. 막히면 돌아가거나 쉬

지 않고 무턱대고 들이받으려는 행태를 보이게 되어 타인과의 소
통에 문제를 일으키기도 한다. 중요한 것에 비중을 두지 못하고,
목적지를 확인하지 못한다. 이웃과 들이대기 일쑤여서 서로는 불
통이다. 나갈 길을 찾지 못하니, 조난이다.

　7월의 신문기사.

　은퇴한 노인이 자기 집에서 숨진 채 발견됐다. 아래층 세입자의
신고를 받은 구급대원들이 현관 자물쇠를 뜯어내자 악취가 코를
찔렀다. 사망 후 한 달쯤 지난 상태였다. 자식들은 이민 가고 아내
마저 자식들을 따라 떠난 뒤 그는 2년 간 혼자 살았다. 그는 어떤
원인에선가 의식을 잃었고 방치된 상태에서 숨을 거둔 것으로 추
정됐다. 누군가 주변에서 관심 가져주는 사람이 없었다. 그의 친
지와 이웃도 외면했다.

　조난이란 자연 속에서 일어나는 줄 안다. 이젠 대도시의 자기
집 안방에서 고립돼 죽어가는 조난 시대가 됐다.

　추석 전날 후배에게서 온 전화다.

"실향민끼리 술 한 잔 하죠?"

셋이 술을 마시면서 명절 전야제를 가졌다. 실향민? 우리는 서로의 집안 사정을 안다. 형제 중 한 사람이 고향 재산을 거덜 내는 바람에 남은 무관심과 불화. 가봐야 잠잘 곳은커녕 반겨주는 사람 없는 곳이라는 푸념. 공업단지에 온 동네가 수용되면서 증발해버린 고향. 그렇게 해서 자조적인 심정으로 우리끼리는 실향민이라 한다. 이때쯤이면 즐거움, 풍족함, 가족애로 온 나라가 들썩인다. '더도 말고 덜도 말고 한가위만 같아라'는 말도 풍성하다.

조상숭배, 효도, 우애라는 용어는 바래진 지 오래다. 명절의 참뜻과 어울리지 않는 명절증후군이란 병이 대신하고 있다. 조상숭배는 외국에 나가서 하고, 벌초는 다른 사람이 해준다. 친척 간의 만남으로 생겨난 우울증으로 서로를 힘들게 한다. 스트레스와 우울증이 겹쳐져 이혼이라는 극단적인 결정을 하는 사람이 급증한다는 신문기사를 읽는다.

조상을 받들고 가족애로 뭉쳐 풍요로운 추석을 맞았다는 가정은 찾기 힘들게 됐다. 우울증, 스트레스, 이혼이라는 부정적인 면이 두드러지는 추석이 되었다.

풍요롭다는 환상으로 온 나라가 떠들썩하다.

'얼굴 못 본 니네 조상/ 음식까지 내가 하리/ 나 자랄 때 니 집에서/ 보태준 거 하나 있냐'라는 어느 며느리의 넋두리는 현실에서의 덫으로 작용한다. 효도, 우애라는 긍정의 덫과 한가위만 같아라는 낙관의 덫이 함께 작용한다.

명절은 풍족하다는 환상과 덫으로 추석 본래의 명분은 없어지고 모두는 나갈 길을 찾지 못한다. 이 또한 조난이다.

링반데룽, 조급함과 강박감으로 마구 나가다가는 조난처를 맴돌 뿐이다.

가자, 정자역으로

'거미가 꽁무니에서 줄을 뽑아내듯이 술술 이어져 나와 쓰게 되는 것, 대충 알고 써도 되고 잘 모르는 것은 습관적으로 곁눈질하면서 쓰고, 아예 모르는 것은 관행으로 써도 통한다.'

수필에 대한 나의 생각이었다.

서현역에서 남쪽으로 500여m쯤에 위치한 '서현문화의 집'.

한 달에 한두 편, 수필을 회원들에게 나눠주고 읽어본다. 회원들의 짧은 질문, 조 선생의 지도와 안내가 자상하다. 자신이 경험한 이야기를 진솔하게 고백하는 것을 벗어나 상상으로 소재를 다루어도 된다는 말도. 가끔 쓰는 습작은 꾸준한 노력의 흔적이라는 생각이었다. 그런데 노력과 성실로 수필이 써지는 것은 아니었다. 난삽하다는 얘기도 듣는다. 서로 연계에 무리인 경우를 여럿 제시해서다. 내 글을 회원들 앞에서 소리 내어 읽어나갈 때는 당혹스러움이 인다. 뜻은 날아가고 우김질로 써내려간 표현이 곳곳에서 드러난다. 쉬운 말을 어렵게 늘어놓기도 하고, 뻔한 이야기를 새로운 발견인 양 포장하기도 한다. 나에게만 충족되는 글, 소화되지 않은 글쓰기로 어정거리고 있다. 글 중 두세 편은 마음에 든다. 이 글들이 계속해서 글쓰기의 징검다리 역할을 하고 있다.

  "야, 타. 야탑으로!"

  친구와 선후배는 야탑역 주변에서 주로 만난다. 일차는 호기롭다. 몇 십 년의 습관이다. 이차는 일차의 호방함에 비해 갑자기 쪼그라든다. 나이 탓일 게다. 만나는 횟수가 거듭되면서 주고받는 대화 내용에 한계가 보인다. 대화가 빈곤해질 때 등장하는 것이 건강이다. 장수의 비결은 곧 '걷기다'로 뻗대는 친구, 건강에 좋다는 약초를 끊임없이 캐내는 친구, 하루에 4시간 이상을 스포츠센터에 출근해 이렇게 변했다면서 허벅지와 팔뚝에 힘을 주는 친구도 있다.

이 중 내 맘에 드는 설이 있다. '쾌식, 쾌면, 쾌변'이다. 뱃속이 편한 음식을 제때에 맛있게 먹고, 모두 잠드는 시간에 맞춰 대여섯 시간 푸욱 자고. 거기다 대소변이 시원하고….

내 경우에는 '쾌면'이 되지 않는다. 한 시간 정도 자고 깨어난다. 두 시간 정도 말똥말똥하다 피곤해서 눈을 붙이면 한두 시간의 수면, 반복이다. 토막잠이다. 이 토막잠은 은근히 나를 압박한다.

야탑에서의 술자리는 묘하게도 내가 깨어있음을 확인 해주는 경우가 가끔 있다. 그래서 통화 중에 친구가 지나가는 말로 '만나지!' 하면 나는 얼른 더 강하게 나간다.

"만나야지! 힘 있을 때! 알았지?"

'U3A BUNDANG 아름다운 인생학교.'

자기가 지닌 지식을 다른 사람에게 가르쳐 주고, 또 자신은 다른 사람에게서 배우는 곳이다. '나의 지식이 어떤 사람에겐 필요하고 다른 사람의 지식은 나에게 필요하다를 실천하고 있었다.
수내역에 붙어있다.

24평 정도의 오피스텔이다. 백 교장이 학교에 대해 설명하고
중간에 내가 묻는다.

"3A가 무슨 뜻인가요?"

"써드 에이지."

"써드 에이지? 몇 살부터…."

"40대 이후. 누구든지 자기의 삶을 즐길 권리가 있지요."

어디선가 들어본 적이 있다. U는 University, '3A'는 'third
age'란다. 인문학 서적 ≪서드 에이지, 마흔 이후 30년≫이었다.
서현동에서의 인연은 이렇게 수내동으로 흐르고 있었다.

나의 생활 반경은 이매, 서현, 야탑 그리고 수내역이다. 내가
사는 역에서 한두 역을 벗어나지 못한다.

이제 정자역으로 나가 보려 한다.

서울나들이는 분당선을 이용하는 데서 시작한다. 정자역을 거
치는 경우는 드물다. 신분당선이 개통되면서 정자역을 이용한다.

강남까지의 소요시간이 짧아서다. 16분이면 강남역에 도착한다. 의자, 손잡이가 손님을 배려한 전동차는 무인운전시스템으로 운행된다. 판교에서 청계산 입구까지는 8.2km로 6분 10초 동안 쾌속 질주해 KTX를 타고 가는 착각에 빠지는 구간이다. 최첨단 시설의 종합관제시스템을 갖추고 있다. 신분당선, 강남이 출발지이고 종착역은 정자이겠지만, 나의 서울 나들이에는 정자가 출발지다. 정자는 나에게 출발역이 된다.

여기에서 망포와 수원으로 이어진다. 망포, 바람에 일렁이는 그물이 포구 가득할 것이다. 소리 내어 '망포'라고 불러보면 내 마음은 포근해진다.

수원, 화성이다. 정장한 조선시대 여인처럼 반듯하고 정갈한 수류방화정이 있고 효와 실학을 체득할 수 있는 역사가 숨 쉰다. 유배생활의 울화를 승화시킨 다산의 시와 책자들. 내 경우 펼치기만 하면 어김없이 졸음으로 이끄는 명리의 진실을 파헤친 다산의 저서를 만나보아야 한다. 모든 세상사를 신비롭게 보았던, 동시대의 또 다른 해학과 역설의 인물 연암도 만나면 좋다. 오늘의 문제를 해결하는 열쇠는 역사에 있다 한다.

또 강남으로도 갈 수 있다. '강남 스타일' 싸이가 보인다. 말춤이 보인다. 지구촌 곳곳에 싸이의 말춤이 나가듯 내 생각은 바다를 건너고 산을 넘는다. 접해보지 않은 풍광, 문화, 사람들을 상상한다. 강남에 가면 내 생각이 뻗치는 곳까지 이어지리라는 믿음이 자연스럽다.

중국, 베트남, 캄보디아로 나간다. 영국, 프랑스로 멀리 멀리 나가기도 한다. 그중에서도 나는 캄보디아에 관심이 많다. 앙코르와트, 씨엠립, 그곳에 사는 순하디 순한 사람들을 만난다. 이 사람들, 맨발이되 일상생활이 바쁘지 않은 걸음걸이다.

정자역은 더 넓은 세상으로 나가는 나의 출발역이다.